비판적 사고와 토론

비판적 사고와 토론

초판 1쇄 발행 2023년 2월 28일
초판 2쇄 발행 2024년 3월 8일

지은이 | 배식한 석기용

펴낸곳 | (주)태학사
등록 | 제406-2020-000008호
주소 | 경기도 파주시 광인사길 217
전화 | 031-955-7580
전송 | 031-955-0910
전자우편 | thspub@daum.net
홈페이지 | www.thaehaksa.com

이 책에 직간접적으로 게재를 허락해 주신 모든 분께 감사드립니다.
저작권자와 연락이 닿지 않아 부득이 허가를 구하지 못한 일부 자료에 대해서는
연락 주시는 대로 적법한 절차를 따르겠습니다.

값 14,000원

ISBN 979-11-6810-140-1 93810

CRITICAL

배식한 석기용

THINKING

비판적 사고와 토론

AND

DISCUSSION

태학사

비판적 사고의 시대다. 미국 실용주의 철학자 존 듀이(John Dewey)가 1910년 이를 교육의 목표로 처음 천명한 이래로 100년이 넘게 흘렀지만 이 사고의 중요성은 세월을 거듭할수록 커질지언정 줄어들 기미가 없다.

동방예의지국 한국의 젊은이에게 이보다 더 좋은 일이 있을까. 어른에게 버릇없이 따지고 대들어도 정정당당할 수 있도록 해 주었으니 말이다. 하지만 빛이 있으면 그늘이 있는 법. 비판적 사고가 강조되면 될수록 마음을 제대로 먹고, 정신을 똑바로 차리라는 다그침도 더욱 커진다. 그리고 마음먹고 정신 차리는 일이 뭐가 어렵다고 그것 하나 못 하냐는 질책이 뒤를 잇는다.

그런데 마음을 제대로 먹기 위해서는 어떻게 마음을 먹어야 할까? 정신을 똑바로 차리려면 정신을 어떻게 가다듬어야 할까? 나는 내 마음의 통제권을 온전히 갖고 있을까? 정신은 온전히 나의 정신일까? 그 어떤 외부의 방해나 간섭에도 흔들리지 않을 수 있는 순수한 사유의 작용, 순수한 나의 마음이란 것이 있기나 할까?

이 책은 바로 그런 마음이 있다는 생각을 비판하면서 출발하고자 한다. 이 책은 '신의 얼굴을 한 비판적 사고'가 아니라 '인간의 얼굴을 한 비판적 사고'를 길러 보고자 한다. 아래의 유명한 뮐러-라이어 착시 그림을 보자.

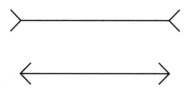

위의 가로선이 아래 가로선보다 더 긴 것처럼 보이지만 사실은 같다. 같다는 사실을 알고 나도 우리 눈에는 여전히 위가 더 길다. 내가 마음을 아무리 제대로 먹어도, 내가 아무리 정신을 똑바로 차려도 위가 길어 보이는 것은 달라지지 않는다.

이 그림은 우리의 사고 과정이 사실은 이러하다는 것을 알려 준다. 우리가 생각하고 믿고 있는 많은 것이 알고 보면 무수히 많은 인지 편향의 결과이며, 그 편향은 설령 우리가 자각한다고 해도 제거되지 않는다. 두 가로선이 사실은 같다는 것을 알려면 우리에게는 자가 필요하다. 아니면 양쪽에 서로 반대로 붙은 화살촉을 가려 줄 흰 종이가 필요하다. 독일계 미국인 탈러(Thaler, 영어식으로는 '세일러')는 이런 자와 종이를 '넛지'라 부른다. 그리고 이러한 넛지의 도움 없이도 우리가 똑바로 사고할 수 있다는 생각은 허황한 자만일 뿐이라고 말한다.

인간의 얼굴을 한 비판적 사고를 위해서는 어떤 넛지가 필요할까?

우리 조상은 우리 사유의 취약성을 이미 오래전부터 간파하고 훌륭한 넛지를 마련해 놓은 듯하다. 토론이 그것이다. 토론(討論)의 '토'는 '친다', '때린다'는 의미를 갖는다. 토론을 거치면서 우리의 생각은 때리고 맞으면서 다듬어진다. 토론의 발명 없이 인간 사유의 위대한 성과들이 가능했을까? 분명 아니라고 생각한다.

생각이 다를 수 있음을 인정하는 만큼 이를 서로 비교하고 검증하는 일도 중요해짐에 따라 토론을 접하고 토론에 참여할 기회도 점점 많아지고 있다. 또 토론이 의사 결정의 중요한 절차가 됨에 따라 치열한 대결 구도 속에서 자기가 원하는 방향으로 청중을 설득하는 것이 무엇보다 중요한 현대인의 능력으로 평가되고 있다. 이런 능력을 키우는 것도 물론 중요하다. 하지만 이로 인해 토론이라는 넛지의 본질적 목적이 망각되지 않기를 바란다. 토론은 네 생각은 틀렸고 내 생각이 옳다는 것을 판정하는 과정이 아니다. 누구의 어떤 생각도 완전히 틀릴 수 없고, 누구의 어떤 생각도 완전히 옳을 수 없다. 토론은 옳고 그름의 싸움이라기보다는 좋은 생각과 더 좋은 생각의 싸움이다. 비판적 사고도 마찬가지다. 우리의 비판적 사고 훈련이, 그리고 우리의 토론이, 네 것도 좋고 내 것도 좋지만 우리 둘이 머리를 맞대고 또 머리를 부딪치면 더 좋은 것이 샘솟는다는 것을 경험하는 자리가 되리라 의심치 않는다.

2023년 2월

머리말

「비판적 사고와 토론」 강의를
시작하면서

　「비판적 사고와 토론」은 「창조적 사고와 글쓰기」와 더불어 대학에서 이루어지는 높은 수준의 지적 활동, 즉 기존 지식을 비판하고 새로운 지식을 창출하는 활동을 위한 공통의 토대를 훈련하는 과목이다. 공통 교양 교과목으로서 이 두 과목을 대학의 모든 신입생에게 필수로 이수하도록 하는 까닭은 비판과 창조, 토론과 글쓰기는 어떤 전공의 어떤 종류의 학문적 탐구에서든 필수적으로 요구되는 기초 역량이기 때문이다.

　「비판적 사고와 토론」은 지식의 습득이 아니라 역량의 체득을 목표로 한다. 역량을 체득하는 일은 근육을 단련하는 것과 같다. 우리 수업은 논리적·비판적 사고의 근육, 발표의 근육, 토론의 근육을 단련시키는 훈련으로 이루어진다. 잘 알다시피 근육의 단련은 단번에 이루어지지 않는다. 조금씩 시행착오를 교정해 가면서 점진적으로 나아갈 수밖에 없으며, 이는 필연적으로 무수한 반복을 동반한다. 우리 수업은 그 반복을 말을 통해, 구체적으로는 발표와 토론을 통해 수행하고자 한다.

1) 비판적 사고와 토론

우리의 생각을 표현하는 대표적인 도구는 말과 글이다. 말과 글은 우리 머릿속에 이미 영글어 있는 생각을 소리나 문자로 표현하는 것 정도로 흔히 생각한다. 하지만 그 반대이다. 소리가 질서를 갖추어 말이 되고, 그 말을 통해 소통이 이루어지면서 비로소 다른 동물과는 다른 사회적 존재로서 인간의 고차적 사유가 가능하게 되었고, 거기에 비판적, 체계적, 장기적 사고가 더해지고 정교한 문화가 꽃필 수 있었던 것은 약 2,500여 년 전 글이 발명되면서였다. 글이 없었다면 어떻게 뉴턴의 『프린키피아』 같은 물리학 체계가, 칸트의 『순수이성비판』과 같은 철학 이론이, 셰익스피어의 4대 비극과 같은 문학이 가능했겠는가?

비판적 사고는 글의 탄생과 더불어 비로소 본격적인 궤도에 들어선 인간의 사유 능력이라고 해도 과언이 아니다. 탈레스가 만물의 근원은 물이라고 한 때가 바로 그리스인들이 글을 막 쓰기 시작하던 시점이라는 것은 우연이 아니다. 글이 발명되고 글을 통해 자기 생각을 자신과 떼어 놓고 바라볼 수 있게 되면서 의심과 비판이 활성화되고, 그러면서 만물의 근원을 신이 아니라 자연 속에서 찾고자 하는 사고의 혁명적 전환이 일어난 것이다. 사실 말과 글은 다음과 같이 대조적 특징을 가지고 있다.

말	글
상황 의존적	상황 독립적
즉각적, 감정적	비판적, 이성적
단기적, 단편적 사고	장기적, 체계적 사고

글은 기술되는 내용과 거리를 두고서(distancing behavior) 냉정하게 사태를 음미하면서 비판적, 이성적 독해를 가능케 한다. 반면 말은 상황 의존적이고 즉각적이며, 따라서 감정에 쉽게 휩쓸리게 한다. 그렇다면 당연히 이런 의문이 제기될 수 있다. 왜 비판적 사고를 글이 아니라 발표와 토론과 같은 말을 통해 훈련하고자 하는가? 이 질문은 우리가 마주하고 극복해야 할 문제가 무엇인지를 알려준다. 그 이유는 말을 할 때가 오히려 비판적 사고가 더 방해받기 쉬운 상황이기 때문이다. 글이 탄생해 우리 삶의 일부로 자리 잡은 후 우리는 깊고 높은 수준의 비판적, 체계적 사고 없이 살아갈 수 없게 되었다. 그리고 이러한 사고는 상황 의존적인 말하기의 상황에서도 흐트러져서는 안 된다. 오늘날의 말하기는 글의 탄생 이전의 말하기와는 비교가 되지 않을 정도로 더 많은 깊이와 체계와 정교함을 요구한다. 바로 이런 요구에 잘 부응하도록 우리 사유의 근육을 실전 상황에서 단련시키는 것, 바로 이것이 우리 수업이 이루고자 하는 바이다.

우리 수업의 목적은 단순히 말하고 토론하는 기법을 익히는 것이 아니라, 비판적·종합적 사유를 토대로 합리적으로 문제를 해결해 나가기 위한 커뮤니케이션 능력을 함양하는 것이다. 'Learn to Discuss', 즉 토론하는 방법을 배우는 것이 아니라, 'Discuss to Learn, Discuss to Think, Discuss to Discover, Discuss to Create', 배우고, 생각하고, 발견하고, 창조하기 위해 토론한다. 생각을 키워 말로 표현하는 것이 아니라, 말로 표현하고, 대화하고 논쟁함으로써 생각을 키운다.

생각하고, 발견하고, 창조하기 위해 우리가 갖춰야 할 대화와 토론의 무기는 한마디로 '논증'이다. 우리는 먼저 논증을 분석하고 평가하는 방법을 간단한 형태를 중심으로 익히고, 다음으로 이를 활용해 많은 분량으로 이루어진 텍스트를 분석하고 평가하는 방법을 익힐 것이다. 주장과 근거를 지닌 텍스트는 구조의 복잡성에 차이가 있을 뿐 여전히 논증의 한 종류이기 때문이다. 논증과 텍스트를 분석하고 평가하는 방법을 익혔다면 이는 실제로 말하는 데서, 특히 공적인 발표와 토론에서 활용되고 구현되어야 한다. 발표와 토론은 우리의 생각을 다시 한번 논리적으로 가다듬는 기회를 줄 뿐만 아니라 가장 즉각적으로 우리 생각의 허점을 점검할 수 있게 해 준다. 물론 이를 가능케 하는 것은 그 과정에서 직면하게 되는 무수한 이해와 오해들이다. 잊지 말아야 할 것은 이해 못지않게 오해도 필요하고 중요하다는 점이다. 비판과 오해는 동전의 양면과 같이 늘 함께하는 좋은 동반자이다. 단, 그 오해를 서슴없이 드러내고 기꺼이 경청하는 한에서만 말이다.

2) 자기 진단과 학습 목표 세우기

「비판적 사고와 토론」 수업을 본격적으로 시작하기 전에 수강 목표를 구체적으로 세워 보자. 여러분은 강의를 들으며 무엇을 배우고 싶은가? 이 강의를 듣고 난 다음에는 무엇이 달라질 것이라고 생각하는가?

목표를 세우려면 먼저 자신의 상태를 알아야 한다. 여기 33문항의 '자기 진단표'가 있다. 문항은 우리 수업에서 다룰 내용을 세분화했다. 매 항목에 대해 자신이 어느 위치에 있는지를 '그렇다(3점)' '보통이다(2점)' '아니다(1점)'의 3단계로 체크해 보자.

「비판적 사고와 토론」 자기 진단표

학과 _____ 학번 _____ 이름 _____

○ 그렇다: 3점 / △ 보통이다: 2점 / × 아니다: 1점

번호	문항	응답 (○, △, ×)
1	내 생각을 말로 잘 표현한다.	
2	발표와 토론이 두렵지 않다.	
3	다른 사람의 주장에 대해 '정말 그럴까?' 따져보기 좋아한다.	
4	비판적 사고를 정의할 수 있다.	
5	주장과 근거를 잘 찾는다.	
6	숨은 전제를 잘 찾는다.	
7	좋은 논증의 조건을 안다.	
8	연역논증과 그 사례들에 대해 잘 안다.	
9	귀납논증과 그 사례들에 대해 잘 안다.	
10	잘못된 논증을 간파해 문제점을 잘 지적한다.	
11	인지 편향에 대해 잘 알고 대처한다.	

12	오류의 유형들을 많이 알고 있다.	
13	애매함과 모호함의 차이를 잘 안다.	
14	토론할 때 개념의 명료한 사용에 주의하는 편이다.	
15	유와 종차에 의한 정의의 방법과 규칙을 잘 안다.	
16	긴 텍스트에서 주장과 핵심 근거들을 잘 찾아 정리한다.	
17	긴 텍스트에서 저자가 가정하고 있는 숨은 전제를 파악할 수 있다.	
18	텍스트를 읽을 때는 그 텍스트가 언제, 어떤 동기로, 누구를 대상으로, 무엇을 위해 썼을까도 함께 살펴보는 편이다.	
19	텍스트에 제시된 근거가 어떤 문제를 갖는지 잘 지적한다.	
20	텍스트의 내용이 지닌 한계에 대해서도 생각해 보는 편이다.	
21	텍스트 비판의 절차를 잘 알고 따른다.	
22	타인을 성공적으로 설득한다는 것이 무슨 의미인지 잘 이해하고 있다.	
23	사실문제/가치문제/당위문제/개념문제를 잘 구분할 수 있다.	
24	내 주장을 옹호하는 좋은 논증을 만드는 방법을 잘 안다.	
25	발표나 입론을 위한 글쓰기의 방법을 잘 알고 있다.	
26	내 주장을 옹호하는 데 필요한 근거 자료들을 효율적으로 잘 찾아내는 편이다.	
27	발표할 때 시각보조자료를 어떻게 활용해야 하는지 잘 안다.	
28	발표나 토론에서 주장을 더 설득력 있게 전달하는 방법을 잘 안다.	
29	발표나 토론에서 청중에게 좋은 이미지를 주는 방법을 잘 안다.	
30	토론/토의/말싸움이 어떻게 다른지 말할 수 있다.	
31	토론에서 질문하고 답변하는 방법을 잘 안다.	
32	토론에서 반론을 제시하는 방법을 잘 안다.	
33	타인의 발표나 토론을 듣고 합리적으로 평가할 수 있다.	
	총점	

예상한 만큼의 점수가 나왔는가? 점수가 낮다고 실망할 필요는 없다. 점수가 낮을수록 오히려 우리 수업이 더 좋은 기회가 되지 않겠는가? 자, 그럼 문항별로 내가 부족한 부분이 어디인지 살펴보자. 그런 다음 부족한 부분을 보충하기 위해 어떤 것을 하고 싶은지 구체적인 목표를 세워 보자. 내가 '보통이다'와 '아니다'에 체크했던 항목을 어떻게 하면 '그렇다'로 바꿀 수 있을지 생각해 보면 나만의 맞춤형 수강 목표가 생길 것이다. 모쪼록 「비판적 사고와 토론」 강의를 수강하며 내가 체크했던 '보통이다'와 '아니다'가 모두 '그렇다'로 바뀌기를 기대한다.

이제 아래 '웰컴 설문지'를 작성하자. 앞서 말한 수강 목표 외에 간단한 자기소개와 기타 건의 사항, 하고 싶은 말도 적어 보자. 선생님은 여러분이 체크한 자기 진단표와 웰컴 설문지를 통해 수강생들의 상황을 파악하고, 관심사를 가늠할 것이다. 그리고 그 결과는 이번 학기 강의에 반영될 것이다. 아예 강의계획서를 다시 준비해 올지도 모른다. 어쩌면 수업 시간에 발표를 하는 여러분을 눈여겨보았다가 어떤 학생인지 궁금할 때 웰컴 설문지의 '간단 자기소개'를 다시 찾아볼 수도 있다. 웰컴 설문지를 꼼꼼히 채우도록 하자.

간단 자기소개 및 학습 목표 세우기

학과 _____ 학번 _____ 이름 _____

1. 간단 자기소개

2. 비판적 사고와 토론 수강 목표, 혹은 특별히 배우고 익히고 싶은 것

3. 기타 건의 사항, 하고 싶은 말 무엇이든지

3) 모둠 편성 및 한 팀 되기

이제 우리 수업에서 한 학기 동안 한 팀이 될 모둠을 편성하도록 하자. 토론은 함께해야 가능한 일인 만큼 우리 수업은 팀워크가 무엇보다 중요하다. 좋은 팀워크의 시작은 서로 간 마음의 벽을 허무는 데서 시작한다. 서로 낯선 이들이 모인 만큼 어색한 분위기에서 마음을 열기가 쉽지 않을 것이다. 그 어색하고 낯설고 불편한 느낌을 솔직히 공유하고 공감하면서 시작하자. 내가 드러내고 싶지 않은 나의 약점은 사실 알고 보면 다른 사람도 똑같이 숨기고 싶은 것일 경우가 대부분이다. 마음의 벽은 숨기고 싶은 것을 서로 나누고 공감하면서 가장 쉽게 뚫린다.

한 주 뒤 수업에서는 서로 반갑게 인사할 수 있도록 모둠 구성원 사이의 거리를 좁히는 활동을 해 보자. 새로운 친구들이 함께 모여 한 팀을 이루었으니 서로를 알아가는 시간을 가진 뒤, 기발하고 참신한 모둠 이름 및 구성원의 별명을 짓고, 모둠별로 돌아가며 다른 모둠에게 소개하는 시간을 갖도록 하자.

모둠 소개표

조	모둠 대표:		모둠 이름 :	
모둠 구성원들끼리 서로 친해지기			**모둠 소개하기**	
모둠 명부		자기 소개	별명	우리 모둠의 특징:
이름				
학과				
학번				
전화				
이름				
학과				
학번				
전화				
이름				우리 모둠의 목표:
학과				
학번				
전화				
이름				
학과				
학번				
전화				
이름				우리 모둠의 구호:
학과				
학번				
전화				
이름				
학과				
학번				
전화				

'모둠 소개표' 작성하며 한 팀 되기

1. 모둠 구성원들끼리 서로 친해지기
   1) 각자 연락처를 기재하고 공유하기
   2) 모둠에서 서로 의논해 공통으로 기재할 자기 소개 항목을 정한 후 각자 기재하기

2. 모둠 이름과 구성원 별명 짓기
   1) 모둠 이름 만들기: 모둠 구성원들의 특성을 반영하여 기발하고 참신한 이름으로
   2) 모둠 구성원들 각각에게 별명 지어 주기

3. 모둠 소개 : 모둠당 2분씩 재미있게
   1) 모둠 이름, 특징, 목표 스토리텔링
   2) 각자 자기 별명 소개: 마지막 소개에서는 '반전' 가미
   3) 한목소리로 각오를 밝히며 인상 깊게 마무리

함께하기

전체 토론을 통해 모둠 편성 방안을 자유롭게 제안하고, 가장 창의적인

방안을 정해 그에 따라 모둠을 만들어 보자.

1장

비판적
사고란

1. 비판적 사고의 정의

비판적 사고가 중요하다는 것은 이미 귀 따갑게 들어온 터라 이에 대해 어떤 참신한 정의를 시도한들 새로울 것이 없을 것 같다. 그러니 이미 알고 있는 것을 상기하는 차원에서 대표적인 정의 몇 가지를 소개하는 것으로 넘어가려 한다.

- 반성적 사고. 즉 지지 근거와 뒤따를 결론에 비추어 믿음이나 지식을 능동적으로 끈질기고 꼼꼼하게 따져 보는 것(J. Dewey, *How We Think*)

- 1) 사람들이 경험하는 문제나 주제를 면밀하게 따져 보려는 성향, 2) 논리적 탐구와 추론의 방법에 관한 지식, 3) 이런 방법을 적용할 수 있는 여러 기술들(문제 인식, 정보 분류, 가정 파악, 언어 명료화, 자료 해석, 증거 판단, 일반화, 결론 테스트, 믿음 재구성 등)(E. Glaser, *An Experiment in the Development of Critical Thinking*)

- 반성적 회의를 품고서 특정 활동에 참여하는 기술 또는 성향(J. E.

McPeck, *Critical thinking and Education*)

- 1) 기준에 의존하고 2) 스스로 교정하며 3) 맥락에 민감하기 때문에 좋은 판단을 촉진하는 능숙하고 책임 있는 사고(M. Lipman, *Educational Leadership*, 9월호)

- 무엇을 믿고 무엇을 할지를 결정하는 데 핵심적인 역할을 하는 합리적이고 반성적인 사고(S. Norris and R. Ennis, *Evaluating Critical Thinking*)

- 주제, 내용, 문제와 상관없이 사고에 내재해 있는 구조를 면밀히 살피고 그에 맞는 표준을 마련함으로써 자신의 사고 수준을 향상시키는 사고방식(R. Paul, A. Fisher, and G. Nosich, *Workshop on Critical Thinking Strategies*)

- 생각하고 있는 자신의 그 생각에 대해 생각함으로써 자기 생각을 더 좋게 만드는 것(R. Paul, *How to Prepare Students for a Rapidly Changing World*)

- 주어진 규칙이나 틀에 따라 기계적, 무의식적, 무반성적으로 사고가 진행되는 것이 아니라 스스로 무슨 사고가 진행되고 있는지를 능동적으로 의식하면서 사고하는 것(김영정, 「비판적 사고와 공학교육(I) — 비판적 사고 소개를 위한 서언」, 『공학 교육』)

위 정의에서 가장 많이 등장하는 낱말을 골라 한마디로 정리하자면, 비판적 사고는 '반성적' 사고라고 할 수 있겠다. 반성(Reflection)의 일차적 의미는 거울에 자신을 비추는 것이다. 여기서 비추는 것은 물론 생각하는 자신이다. 그런데 내 생각을 비춰 줄 수 있는 거울 역시 내 생각일 수밖에 없으므로 반성은 내 생각에 대해 내가 생각하는 것에 다름 아니다.

2. 두 개의 시스템

내 생각에 대한 생각은 크게 두 종류로 나눌 수 있다. 하나는 잘됐든 못됐든 내 생각의 과정을 있는 그대로 관찰하고 기술하는 것이며, 또 하나는 관찰된 그 과정이 올바로 이루어졌는지 평가하는 것이다. 전자에 집중하여 우리 생각의 경향을 밝혀내고자 하는 학문이 심리학이며, 후자에 집중하여 올바른 생각과 그렇지 않은 생각을 구별하는 기준을 마련하고자 하는 학문이 논리학이다. 올바르게 생각하는 방법을 익히고자 하는 비판적 사고 훈련은 논리학의 방향에 더 가깝다.

우리 생각의 과정에 대한 그간의 많은 심리학적 연구 덕분에 우리는 우리의 생각 방식에 대해, 그중에서도 특히 논리적으로 옳지 않지만 그런 줄도 모르고 저지르는 생각에 대해 많은 것을 알게 되었다. 한 예로 다음의 재미있는 실험을 보자.

다른 사람들에게 부탁을 할 때는 부탁과 함께 "왜냐하면"이라고 하면서 이유를 붙여 주는 것이 좋다. 사회심리학자인 랭거(E. Langer)의 1978년 실험에 따르면 이유를 말하지 않고 그냥 부탁만 하는 경우 60%가 그 부탁을 받아들이는 데 반해, 부탁과 함께 이유를 덧붙이면 94%가 받아들인다고 한다. 이 실험에서 정말 흥미로운 점은 덧붙이는 이유의 내용은 중요하지 않다는 것이다. 이를테면 "제가 먼저 좀 복사하면 안 될까요? 왜냐하면 제가 지금 서류 5장을 꼭 복사해야 하거든요."와 같이 합당하지 않은 이유를 대고 부탁해도 93%의 사람들이 그 부탁을 받아들인다.

이는 인간 사고의 일반적 과정을 있는 그대로 기술한 것이다. 말하자면 심리학적 기술인 셈이다. 이런 현상에 대해 우선 심리학적 설명을 해 보자. 여기서 심리학적 설명이 필요한 부분은, 합당하다고 볼 수 없는 이유를 듣고서도 우리가 쉽게 설득당한다는 점이다. 왜 사람들은 "왜냐하면"을 듣는 순간 이미 그 이유의 논리적 합당성과 상관없이 자동으로 부탁을 들어주는 상태가 될까? 이는 심리학적으로 이렇게 설명할 수 있다. 반복된 경험을 통해 우리는 "왜냐하면"이라고 시작하면서 엉터리 근거를 제시하는 경우가 거의 없다는 것을 잘 알고 있다. 따라서 사소한 부탁일 경우 그 이유의 내용을 일일이 따지느라 에너지를 낭비하기보다는 그냥 들어주는 것이 더 효율적이다.

중요한 것은 이처럼 에너지 소모를 최소화하기 위해 자동적으로 일어나는 사고 과정이 우리 생각의 많은 부분을 차지한다는 점이다. 이를 보여 주기 위해 심리학자 K. 스타노비치와 R. 웨스트는 우리의 정신 과정을 둘로 나누어 '시스템 1'과 '시스템 2'란 이름을 붙였다. 앞에 말한 자동적 사고 과정이 시스템 1인데 이는 저절로 빠르게 작동하고, 노력이 거의 들지 않으며, 자발적 통제를 모른다. 반면 시스템

2는 복잡한 계산을 비롯해 선택, 집중 등 노력이 동반되는 활동을 수행하는 데 관여한다. 시스템 1은 인상, 직관, 의도, 감정 등을 생성해 시스템 2에 전달하고 이를 시스템 2가 순조롭게 승인하면 인상, 직관은 믿음이 되고, 충동은 자발적 행동이 된다. 하지만 "25×13=?"처럼 시스템 1이 즉각 처리할 수 없는 문제에 부딪히면 시스템 2가 가동되고 노력이 동반되는 사고 활동이 이루어진다. 최종 발언권은 시스템 2가 가진다. 그런데 문제는 시스템 1의 잘못된 직관이나 편향된 감정을 시스템 2가 알아채지 못하고 자주 그대로 승인한다는 데 있다. 이는 결국 잘못된 믿음이나 행동으로 이어진다. 예를 들면 시스템 1은 이런저런 지식을 멋대로 이어 붙여 논리정연한 인과관계를 꾸며내는 데 선수라서, 눈에 보이는 몇 가지 단편적 정보로 하나의 이야기를 짓고는 그것이 논리적으로 일관적이기만 하면 그렇다고 믿어 버린다. "지수는 북적거리는 뉴욕 거리의 명소를 찾아다니며 하루를 보낸 뒤에 지갑이 없어졌다는 것을 알았다."라는 이야기를 하면 많은 사람들이 지수가 소매치기를 당했다고 기억하게 되는 것이 바로 이런 이유 때문이다. 어떻게든 닥친 상황을 이해할 그림을 그려내어 신속하게 판단하고 결정하게끔 하는 것이 시스템 1의 주 임무인 까닭에 이는 불가피하기도 하다.

우리의 비판적 사고 훈련은 도대체 멈출 줄을 모르는 시스템 1과 힘쓰기 싫어하는 게으른 시스템 2가 이처럼 너무 쉽게 손잡는 일이 없도록 하는 데 역점을 두고자 한다. 이를 위해 우리는 시스템 1의 달콤한 선물에 경각심을 높일 수 있어야 하며, 이를 분석하고 평가할 방법을 확보하여야 하고, 이를 적시적소에 펼쳐낼 민첩한 근육을 길러야 한다. 저명한 수학자이자 철학자인 화이트헤드는 "사고 작용은 전쟁에서 기병대와 같다. 다시 말해 그 수는 엄격하게 제한되어 있으며, 기운찬 말이 필요하다. 사고 작용은 결정적인 순간에만 가동되어야 한다."(A. N. Whitehead, *An Introduction to Mathematics*)라고 말한다. 그가 말한 '사고 작용'이 사고의 올바름을 따지는 논리적, 비판적 사고를 염두에 둔 것임은 두말할 필요도 없다. 결정적인 순간을 포착하고 그 순간에 가동할 우리 내면의 기동대를 육성하는 것, 바로 이것이 우리가 비판적 사고 훈련을 통해 갖추고자 하는 것이다.

3. 비판적 사고의 필요성

비판적 사고 훈련을 통해 우리가 얻고자 하는 것은 다음과 같다.

첫째, 우리 생각 가운데는 여전히 많은 것이 그릇되며 앞서 본 것처럼 이는 사고 과정에 내재된 것이어서 불가피하기도 하다. 이러한 잘못된 생각이 초래할 위험을 감지하고 제거할 능력을 기른다.

둘째, 사고 능력에서 경쟁력을 갖추기 위해서는 이제 자기 생각의 범위, 수준, 깊이를 한 단계 업그레이드하는 것이 필요한데, 이를 위해서는 사고의 방향을 자기 자신에게로 향하게 하는 과정, 즉 인간의 사고 과정 자체에 대해, 그리고 자기 자신의 사고 습관에 대해 반성해 보는 작업이 필요하다. 이런 작업을 통해 굳어진 자신의 사고 껍질을 한 꺼풀 벗길 때 우리는 더욱 정교하고, 효율적이며, 고차적이고, 창조적인 사고의 능력을 갖출 수 있다.

셋째, 한 사람의 진정한 사유 능력은 기존의 접근 방식이 적용되거나 통용되지 않는 새로운 문제 상황에서 제대로 평가되고 그 우열이 갈린다. 바로 이 지점에서 비판적 사고를 갖춘 사람과 그렇지 않은 사람의 차이가 두드러진다. 갖춘 사람은 주어진 문제에 대해 원리적으로 접근하여 어떤 단계로 문제를 풀어 나가야 할지 아는 반면, 갖추지 못한 사람은 지금까지의 방식이 통용되지 않는다는 사실에 당황하여 어찌할 바를 모르게 된다. 어떻게 시작해야 할지, 그리고 한 가지 시도가 실패할 경우 다음에 무엇을 해야 할지를 아는 원리적 접근 능력을 기른다.

넷째, 비판적 사고가 새로운 생각을 창출하는 법까지 다 알려 주지는 못할 것이다. 그렇지만 새로운 생각은 기존의 생각이 무너진 곳에서만 싹틀 수 있다. 창조와 파괴는 동전의 양면이기 때문이다. 비판적 사고는 창발적 사고의 충분조건은 아닐지라도 필요조건인 것은 분명하다.

다섯째, 4차산업 정보화 사회가 정확하고 올바른 사고 능력을 요구한다. 우리는 상상할 수 없을 정도로 빨리 정보 홍수의 시대로 빨려들고 있다. '데이터 스모그'라는 말이 있을 정도로 정보의 부족이 아니라 과잉이 문제가 되는 시대가 되었다. 지식의 단순한 획득이 아니라 올바른 지식의 효과적이고도 적절한 획득이 더 중요해졌다. 사고 능력의 핵심이 '기억력'에서 '판단력', '추리력'으로 옮아 가고 있는 것이다. 이러한 흐름에 부응하는 인재를 양성한다.

　여섯째, 더욱 현실적인 문제로, 올바른 사고의 능력을 평가하는 것이 각종 취업 시험, 전문대학원 입학시험의 필수 요소로 자리 잡은 지 꽤 오래되었다는 것도 빼놓을 수 없다. 공무원 채용을 위한 공직적격성평가시험(PSAT), 법학전문대학원 입학시험(LEET), 그리고 삼성직무적성검사(GSAT)를 비롯해 대기업에서 빠짐없이 치르는 각종 인·적성검사 등 여러 시험에 적절히 대응할 수 있도록 한다.

함께하기

우리의 사고를 이루는 시스템 1과 시스템 2가 각각 하는 역할이 무엇이며, 이렇게 각각의 역할을 나눈 이유는 무엇일까 이야기해 보자.

2장

논증의
이해

1. 논증의 시작

논증은 "왜?"라는 질문과 떼어 놓고 생각할 수 없다. 이 질문과 함께 논증이 요청되며 그 대답과 함께 하나의 논증이 완성되기 때문이다. 하지만 "왜?"라는 물음은 논증뿐만 아니라 다른 목적으로도 던져진다는 것을 잊어서는 안 된다. 다음 대화를 보자.

> 윤정: 수정아!
>
> 수정: 왜?
>
> 윤정: 왜 가방을 벌써 챙겨?
>
> 수정: 응 먼저 일어나려고.
>
> 윤정: 너 오늘은 그러면 안 돼.
>
> 수정: 아니, 왜?
>
> 윤정: 오늘 학교에서 멋진 공연이 있을 거거든.

여기서 수정은 두 번 "왜?"라고 묻고 있다. 하지만 둘의 의미는 다르다. 첫 번째는 "왜 내 이름을 부르게 된 거니?"라고 묻는 데 반해, 두 번째는 "왜 오늘은 먼저 일어나면 안 된다고 생각하는 거니?"라고 묻고 있기 때문이다. 다시 말해 첫 번째는 "왜 그렇게 된 거니?"의 "왜?"인 반면 두 번째는 "왜 그렇게 생각하니?"의 "왜?"이다. 첫 번째는 설명을 요구하는 왜이고, 두 번째가 논증을 요구하는 왜이다.

설명 요구는 어떤 현상이나 사태가 이미 일어난 것으로 받아들이고 시작한다. 예컨대 운정이 수정의 이름을 부른 것을 사실로 받아들이고 왜 부르게 된 건지 그 까닭을 요구하는 것이다. 반면에 논증 요구는 어떤 주장에 대해 의구심을 품고 시작한다. 예컨대 오늘은 먼저 일어나면 안 된다는 운정의 주장에 대해 동의할 수 없고, 그 때문에 "왜 그러면 안 된다고 생각하는 거니?"라고 묻는 것이다. '설명의 왜'와 '논증의 왜'의 이러한 차이를 잘 기억하고 있어야 한다. 설명의 왜는 이미 일어난 결과적 사건에 대해 그 원인을 알려달라고 요구하는 반면, 논증의 왜는 어떤 의견에 대해 그 의견을 그냥은 받아들일 수 없으니 받아들일 수 있게끔 근거를 제시해 달라고 요구한다. 한마디로 설명은 결과에 대해 그 원인이나 이유를 제시하는 것이고, 논증은 의견에 대해 그 근거를 제시하는 것이다.

논증은 의심에 답하는 작업이다. 우리는 여러 가지를 의심할 수 있다. "인간과 대등한 AI가 가능하다."나 "저 로봇은 인간과 대등한 AI다."와 같은 사실적 의견도, "인간과 대등한 AI는 만들어서는 안 된다."나 "저 로봇은 인간과 대등하게 대우해야 한다."라는 당위적 의견이나 권고도 의심의 대상이 될 수 있다. 그리고 그에 상응하는 다른 근거를 제시함으로써 여러 종류의 논증을 구성할 수 있다.

함께하기

1. 위의 대화에서 운정이 던진 "왜 가방을 벌써 챙겨?"는 설명과 논증 중 어느 것을 요구하는 질문일까?

2. 다음에 나오는 '왜' 질문을 설명을 요구하는 것과 논증을 요구하는 것으로 나눠 보자.

   1) 철이는 개를 무서워해. 왜? 개를 보자마자 도망을 가더라고.

   2) 철이는 개를 무서워해. 왜? 어릴 때 개에게 크게 물린 적이 있거든.

   3) 동물은 고통을 느끼지 않는 것이 분명해. 왜? 동물은 영혼이 없거든. 왜? 영혼이 있으면 말을 할 수 있어야 하는데 말을 못 하잖아.

   4) 나는 오늘은 절대 술을 안 마실 거야. 왜? 오늘까지 제출해야 할 과제가 있어.

   5) 나는 알코올 중독자가 아니야. 왜? 내가 술 마셔서 업무에 지장을 준 적 있어?

   6) 철이와 민이는 아마 곧 결혼할 거야. 왜? 둘이 사랑에 빠졌거든.

2. 논증의 결론과 전제 찾기

논증 작업은 대화 상대가 미심쩍어하는 어떤 의견이나 견해와 그 것을 입증하기 위한 근거들로 이루어진다. 그런 점에서 논증은 기본 적으로 창조적인 작업이다. 왜냐하면 상대가 의심을 품을 만한 새롭 고 도전적인 의견을 던지는 데서 논증 행위가 시작되기 때문이다. 상 대가 내 의견을 이미 충분히 받아들이고 있다면 논증은 필요 없다. 상 대가 내 의견을 받아들이는 것이 목표이기 때문에, 논증의 실제 과정 (argumentation)은 그 근거를 제시하는 과정에서 여러 수사적 장치를 함께 동원하게 된다. 의견과 근거가 논증의 몸매라면 여러 수사적 장 치들은 옷매무새인 셈이다. 이 몸매에 해당하는 의견과 근거만을 뽑 아 각각 문장 형태의 주장으로 정리한 것을 우리는 논증의 '결론'과 '전제(들)'라고 부른다. 비판적 사고 훈련에서 초점을 맞추는 부분이 바로 이 둘의 관계에 대한 분석과 평가이다. 자, 그럼 논증의 전제와 결론을 찾는 작업부터 시작해 보자.

어떤 논증의 경우에는 결론과 전제가 명시적으로 제시되기도 한다. '따라서'나 '그러므로'와 같은 접속사가 주어지면 그다음에 결론이, '왜냐하면'이 주어지면 그다음에 전제가 제시된다는 것을 바로 알 수 있다(물론 '왜냐하면'의 경우에는 인과적 설명의 왜가 아닌지 주의할 필요가 있 다). 전자를 '결론 알림 표현', 후자를 '전제 알림 표현'이라 부른다.

결론 알림 표현으로는 다음과 같은 접속사나 의견 피력 접미사를 들 수 있다.

그래서 … / 그러므로 … / 그러니까 … / 따라서 …

…이 따라 나온다. / …여야 한다. / …일 리가 없다. / …일 수밖에 없다.

…임이 분명하다. / …임이 정당화된다. / …해야 한다.

전제 알림 표현으로는 다음과 같은 것들이 있다.

왜냐하면 … / 그 이유는 …

… 때문에 / …이므로 / …로부터 따라 나온다.

함께하기

다음 논증에서 결론 알림 표현과 전제 알림 표현을 모두 찾아보자.

1) 철이는 다이어트를 했을 리가 없다. 몸무게가 그대로야.

2) 수정에게 뭔가 좋은 일이 있음이 분명하다. 하루 종일 싱글벙글이다.

3) 인류의 생존이 위태롭기 때문에 지금 당장 탄소 배출을 줄여야 한다.

4) 우리 대학의 미래는 밝다. 왜냐하면 우수한 인재들로 가득 차 있거든.

5) 나는 생각한다. 그러므로 나는 존재한다.

그러나 결론이나 전제임을 알려주는 표현이 전혀 없는 경우도 많다. 이런 경우에는 거기에 논증이 포함되어 있는지도 판단해야 한다. 포함된 진술들 사이에 전제, 결론 관계가 성립할 때에만 논증이 포함

2장 논증의 이해

되었다고 할 수 있으므로 이를 찾아야 한다. 먼저 결론이라 할 만한 최종 주장을 정하고, 왜 그렇게 생각하는지 물은 다음 그 답에 해당하는 진술이 있는지 찾아보자. 진술들 사이 어디에서도 그런 관계를 찾아 재구성할 수 없다면 논증은 존재하지 않는다.

함께하기

다음 글은 논증을 포함하고 있는가?

1) 우리는 낯선 사람을 흘끗 한 번 보고도 두 가지 중요한 특징을 평가하는 능력을 타고났다. 하나는 그가 얼마나 믿을 만한지이고, 또 하나는 얼마나 위협적인지이다. 웃거나 찡그리는 얼굴 표정은 전자, 각지거나 둥근 얼굴 윤곽은 후자를 평가하는 실마리로 쓰인다.

2) 사실 각진 턱에 찡그린 얼굴을 한다고 해서 그 사람이 위협적이거나 믿을 수 없는 인물인 것은 아니다. 각진 턱을 가진 사람과 지배력 간에 상관관계를 보여 주는 어떤 믿을 만한 조사 결과도 없다. 웃는 얼굴에 사기당해 패가망신한 사람은 또 얼마나 많은가?

3) 시험에 시간제한을 두는 것은 불필요하다. 시간이 걸리더라도 제대로 된 해결책을 내놓는 사람을 뽑아야 하는데, 시간을 제한하면 필요한 능력을 제대로 보여 주지 못하는 사람이 있게 된다.

---

3. 논증의 숨은 전제 찾기

운정과 수정의 대화에서 운정의 논증은 다음 전제와 결론으로 재구성할 수 있다.

> **(전제)** 오늘 학교에서 멋진 공연이 있다.
>
> ---
>
> **(결론)** 너는 오늘은 먼저 일어나면 안 된다.

이 논증을 자세히 살펴보면 전제가 결론을 뒷받침하기 위해서는 최소한 다음 두 주장을 가정해야 함을 알 수 있다.

> (1) 오늘 먼저 일어나면 학교에서 있을 멋진 공연을 보지 못한다.
>
> (2) 멋진 공연을 보는 것보다 오늘 더 중요한 일은 없다.

이처럼 말을 하지는 않았지만 주어진 전제가 결론을 뒷받침하기 위해 가정되는 것을 '숨은 전제'라고 한다. 이 숨은 전제들 중 어느 하나라도 동의할 수 없다면 결론 역시 동의하기 어렵게 된다. 이 논증에서는 두 번째 숨은 전제가 문제가 될 수 있다. 학교에서 멋진 공연을 보는 것도 좋지만, 중요한 시험 준비를 하거나 선약을 지키는 등 더 우선해야 할 일이 있을 수 있기 때문이다.

다른 논증으로 다음을 보자.

운동선수가 약물을 복용하는 것을 금지할 필요가 없다. 왜냐하면 경기력 향상에 도움이 되는 약물을 누구나 먹어도 된다면 누구나 다 똑같이 경기력이 향상될 것이고, 따라서 약물을 허용하더라도 부당하게 이득을 보는 선수는 아무도 없을 것이기 때문이다.

이 논증은 아래와 같이 전제로부터 중간결론이 따라 나오고, 그 중간결론으로부터 최종결론에 이르는 연쇄 논증의 형태를 갖고 있다.

(전제) 경기력 향상에 도움되는 약물을 누구나 먹어도 된다면 누구나 다 똑같이 경기력이 향상된다.

(중간결론) 약물을 허용해도 부당하게 이득을 보는 선수는 아무도 없다.

(최종결론) 운동선수가 약물을 복용하는 것을 금지할 필요가 없다.

여기서도 우리는 다음과 같이 숨은 전제를 보충할 수 있다. 우선 전제가 받아들여지기 위해 다음 두 숨은 전제가 필요하다.

(숨은 전제) 약물이 허용되면 누구나 그 약물을 손쉽게 구해 복용할 수 있다.

(숨은 전제) 복용한 약물은 누구에게나 똑같은 정도로 경기력 향상을 가져온다.

(전제) 경기력 향상에 도움이 되는 약물을 누구나 먹어도 된다면 누구나 다 똑같이 경기력이 향상된다.

숨은 전제는 또한 중간결론에서 최종결론이 따라 나오기 위해서도 필요하다.

> **(중간결론)** 약물을 허용해도 부당하게 이득을 보는 선수는 아무도 없다.
>
> **(숨은 전제)** 어떤 약물로 부당하게 이득을 보는 선수가 없다면 그 약물을 금지할 필요가 없다.
> _____
>
> **(최종결론)** 운동선수가 약물을 복용하는 것을 금지할 필요가 없다.

이렇게 숨은 전제까지 찾아서 논증을 재구성해 놓고 보면 위 논증이 지닌 약한 고리가 분명하게 드러난다. 우리가 재구성한 숨은 전제들 모두 받아들이기 어려운 측면이 있기 때문이다. 첫 번째의 두 숨은 전제에 대해서는 이런 반박이 가능하다. 약물이 허용되어도 효과가 좋은 약물은 값이 비싸 모든 선수가 구매하기는 어려울 것이고, 설령 구한다고 하더라도 사람마다 약효에 차이가 있을 가능성이 더 크다. 두 번째 숨은 전제에 대해서도 이런 반박이 가능하다. 약물 금지 여부를 결정할 때는 부당 이득 가능성 외에도 그 약물이 가져올 건강상의 부작용 등도 고려해야 한다.

숨은 전제는 대개 명시적으로 내놓을 자신이 없거나 굳이 말하지 않아도 모두가 동의할 것들이다. 자신 있게 내놓지 못하는 것은 물론이고, 그렇게 모두가 동의하겠거니 생각하고 무심코 받아들이고 있는 것에 또한 숨겨진 허점이 있게 마련이다. 그 무심한 생각을 분명하게 표현해 놓고 보면 우리가 미처 생각하지 못하고 놓치고 있던 것들도 선명하게 그 모습을 드러내기 때문이다. 역사에 등장한 새로운 사상은 바로 그렇게 자명하다고 여겼던 생각을 끄집어내 그 한계를 지적한 후 대안을 제시하면서 시작된다.

함께하기

다음 논증의 숨은 전제를 찾아 문장으로 표현하고, 그 문장이 거짓일 가능성을 살펴보자.

1) 저기 서 있는 아저씨 얼굴에 멍이 있다. 저 아저씨는 누군가에게 맞았음이 틀림없다.

2) 오늘 오전 수업에 들어오신 교수님 얼굴에 피곤함이 가득 묻어났다. 논문 쓰느라 어제 밤을 새우셨을 것이다.

3) 살인은 금지되어야 한다. 따라서 낙태는 금지되어야 한다.

4) 혼자 있으면 마음이 흐트러지기 쉬우니 더욱 수양에 정진해야 한다.

5) 그 약을 먹고 쉬었더니 감기가 씻은 듯이 나았어. 역시 그 약은 감기에 효과가 좋아.

3장

좋은 논증
만들기

논증은 사람들이 잘 받아들이지 않는 어떤 의견(결론)과 그 의견을 받아들이게끔 제시한 근거(전제)들로 구성된다. 그렇다면 어떤 근거들을 제시할 때 사람들은 마음을 바꾸어 그 의견을 받아들이게 될까? 논증을 통해 사람을 설득한다는 것이 대체 무엇일까? 우리의 믿음을 바꾸게까지 하는, 근거가 지닌 그 마법적 힘은 어디에서 비롯되는 것일까?

　이를 이해하려면 거꾸로 사람들이 언제 내 의견을 받아들이지 않을까를 생각해 보면 된다. 우리가 맞다고 믿고 이미 받아들이고 있는 생각과 다른 의견을 내놓을 때 우리는 그것을 받아들이지 않는다. 의견이 다른 경우는 내 믿음과 충돌하거나, 내 믿음들 속에 포함되지 않거나 두 가지이다. 이때 받아들이게 하는 방법은 이렇게 정리될 수 있다.

> 　내 의견이 당신 믿음으로부터도 따라 나온다는 것을 보여 주어라. 그리하여 내 의견이 당신 믿음과 충돌하지 않으며 오히려 당신 믿음 속에 포함될 수 있다는 것을 알게 하라.

1. 좋은 논증이 갖추어야 할 두 가지 조건

논증은 어떤 의견을 받아들이게끔 하기 위해 상대가 옳다고 이미 받아들이고 있는 것에서 그 의견이 따라 나온다는 것을 보이는 작업이다. 그러므로 좋은 논증의 전제, 즉 근거가 갖추어야 할 조건은 이렇게 정리할 수 있다.

좋은 논증의 근거가 갖추어야 할 조건
(1) 근거(전제)는 우리들이 옳다고 받아들일 수 있는 것이어야 한다.
(2) 그 근거(전제)로부터 주장된 의견(결론)이 따라 나와야 한다.

첫 번째 조건부터 보자. 전제로 제시된 내용이 경험으로 바로 확인되는 것이거나 상식과 관련된 것일 경우, 우리는 그것을 받아들여야 할지 스스로 판단할 수 있다. 하지만 우리가 세계에 대해 알고 있는 지식 대부분은 과학자와 같은 권위 있는 연구자의 연구 결과를 학습한 것이거나 각종 언론과 미디어를 통해 전달받은 것들이다. 따라서 이런 지식을 전제로 삼고자 할 경우에는 필요에 따라 그 출처를 명확히 밝혀 줄 뿐만 아니라 그 출처가 신뢰할 만하다는 것을 보여 주어야 한다.

인터넷 환경에서 주어지는, 사실상 실시간으로 상호작용하는 각종 시청각 미디어를 통해 이제 우리는 지구 곳곳에서 일어나는 일을 마치 내가 직접 가서 여기저기 돌아보는 것처럼 생생하게 경험하고 탐색할 수 있게 되었다. 직접적인 경험을 통한 판단의 범위를 넓혔다는 점에서 이는 큰 장점이지만 경계해야 할 것도 많아졌다. 깊고 넓은 안목에서 정리되지 않고 걸러지지 않은 단편적인 정보, 그리고 각자의 관점과 취향에 맞는 것들 위주로 수집된 편향된 정보는 편견을 증폭시키고 강화하기 때문이다. 문제는 이 증폭된 편견이 비록 온라인이기는 하지만 자신의 직접적 경험을 통해 뒷받침되는 탓에 더더욱 교정이 어려워진다는 점이다. 탈진실(post-truth) 시대를 맞이한 우리가 고민하고 해결책을 찾아야 할 과제가 아닐 수 없다.

두 번째로, 전제로부터 결론이 따라 나온다는 말은 전제를 참으로 받아들이면 결론도 참으로 받아들이게 된다는 말이다. 가장 바람직한 것은 전제 모두가 참이라고 가정했을 때 결론도 참이 될 수밖에 없는 경우일 것이다. 이처럼 결론이 거짓이 되는 경우를 상상조차 할 수 없을 때 전제로부터 결론이 '반드시' 따라 나온다고 말한다. 하지만 모든 논증에 이처럼 강한 도출 관계를 요구할 수는 없는 일이다. 전제가 모두 참이라고 했을 때 제시된 결론이 참일 가능성이, 생각할 수 있는 다른 무엇보다도 높다면 그것으로 괜찮은 논증이 될 수 있다.

논리학은 전제로부터 결론이 따라 나올 수 있는 논증들로 어떤 것들이 있는지를 찾아 그 구조를 밝히는 학문이다. 논리학은 특히 전제로부터 결론이 '반드시(필연적으로)' 따라 나오는 논증, 다른 말로 '타당한(valid)' 논증에 관심이 많은데, 이러한 논증을 '연역논증(deductive argument)'이라고 한다. 연역논증은 오로지 논증의 형식에 의해 타당성이 확보되기 때문에 형식논리학(formal logic)에서 다루고 있다. 연역논증과 달리 전제로부터 결론이 반드시 도출되는 것은 아니지만, 경험으로부터 세계에 대한 일반적인 지식을 이끌어내기 위해 우리가 의지하는 논증이 있다. 귀납논리학에서 다루는 '귀납논증(inductive argument)'이 그것이다. 귀납논증의 경우에는 전제로부터 결론이 나올 가능성을 높이면 높일수록 더 좋은 논증이라고 할 수 있다. 큰 틀에서 말하자면 귀납논증을 통해 경험으로부터 이렇게 일반적 지식을 이끌어내면 우리는 연역논증을 활용해 이 지식을 전제로 삼아 앞으로 올 경험을 예측하거나 어떤 선택이나 결정을 한다고 할 수 있다. 우리가 좋은 논증을 구성하려 한다면 연역논증과 좋은 귀납논증을 활용하지 않을 수 없으므로 구체적으로 어떤 연역논증과 좋은 귀납논증이 있는지 살펴보자.

2. 연역논증

전제로부터 결론이 반드시 도출되는 논증의 형식들 가운데서 자주 사용되는 몇 가지를 소개하고자 한다.

조건문(p라면 q.)을 전제에 포함하는 연역논증으로는 전건긍정식, 후건부정식, 가언삼단논법을 들 수 있다. 만약 조건문 형태의 지식을 확보한다면 우리는 어떤 사태로부터 다른 사태를 파악하거나 예측할 수 있으며(전건긍정식), 한 사태를 배제할 수도 있으며(후건부정식), 다른 조건문을 만들어낼 수도 있다(가언삼단논법). 비슷하지만 타당하지 않은 논증 형식도 있으므로 유의해야 한다. 관련 오류는 다음 단원에서 자세히 다루도록 하겠다.

전건긍정식	사례	관련 오류
p라면 q. p.	그것이 내 말을 알아듣는다면 그것은 지능이 있다. 그것이 내 말을 알아듣는다.	후건 긍정의 오류
q.	그것은 지능이 있다.	

후건부정식	사례	관련 오류
p라면 q. q가 아니다.	그것이 지능이 있다면 그것은 내 말을 알아들을 것이다. 그것은 내 말을 알아듣지 못한다.	전건 부정의 오류
p가 아니다.	그것은 지능이 있지 않다.	

가언삼단논법	사례
p라면 q. q라면 r.	그것이 지능이 있다면 그것은 내 말을 알아들을 것이다. 그것이 내 말을 알아듣는다면 그것은 내 손을 잡을 것이다.
p라면 r.	그것이 지능이 있다면 그것은 내 손을 잡을 것이다.

선언문(p 또는 q.)을 전제에 포함하는 연역논증으로는 선언지 제거법과 딜레마 논증을 들 수 있다. 여러 선택지가 있는 상황에서 어떻게 하나를 고르거나(선언지 제거법), 다른 어떤 것으로 나아갈 수 있는지를(딜레마 논증) 두 논증은 보여 준다.

선언지 제거법	사례	관련 오류
p 또는 q. p가 아니다.	나와 대화한 그것은 인간이거나 로봇이다. 나와 대화한 그것은 인간이 아니다.	선언지 긍정의 오류
q.	나와 대화한 그것은 로봇이다.	

딜레마 논증	사례
p 또는 q. p라면 r. q라면 r.	나는 결혼을 하거나 하지 않을 것이다. 결혼하면 나는 후회할 것이다. 결혼하지 않아도 나는 후회할 것이다.
r.	나는 후회할 것이다.

삼단논법은 일찍이 고대 그리스 시대에 발견된, 가장 먼저 확립된 연역논증 형식이라 할 수 있다. 삼단논법의 전제와 결론은 아래와 같이 가언삼단논법의 형태로 바꿔 표현될 수 있다.

삼단논법	사례	가언삼단논법
모든 A는 B다. 모든 B는 C다.	사람은 모두 동물이다. 동물은 모두 죽는다.	어떤 것이 A이면 그것은 모두 B다. 어떤 것이 B이면 그것은 모두 C다.
모든 A는 C다.	사람은 모두 죽는다.	어떤 것이 A이면 그것은 모두 C다.

딜레마 논증은 타당한 논증이므로 결론을 부정하려면 전제들 중에 받아들일 수 없는 것이 최소한 하나 있다는 것을 지적해야 한다. 첫 번째 전제인 선언문이 틀렸음을 지적하는 것을 '뿔 사이로 피하기'라 하고, 두 번째와 세 번째 전제인 조건문이 틀렸음을 지적하는 것을 '뿔 잡기'라 한다.

아래 프로타고라스와 에우아틀로스의 딜레마 논증을 재구성하고, 누구의 논증이 잘못되었는지를 토론해 보자.

고대 그리스 아테네에는 출세하고자 하는 젊은이들에게 수업료를 받고 논증술과 웅변술을 가르치는 소피스트(지혜로운 자)들이 있었다. '인간이 만물의 척도'라는 주장으로도 유명한 소피스트 프로타고라스는 자신에게 배운 자는 논쟁에서 절대 패배하지 않으므로 어떤 소송에서도 이길 것이라는 확신에 차 있었다. 어느 날 에우아틀로스라는 청년이 찾아와 배움을 청하였다. 그는 가난 때문에 수업료의 반만 먼저 지불하고 나중에 법정에서 변론하여 승소하는 최초의 날에 절반의 수업료를 지불하기로 약속하였다. 그런데 충분히 배웠음에도 불구하고 에우아틀로스는 한 번도 법정 변론을 맡지 않은 채 나머지 수업료 지불을 마냥 미루고만 있었다. 이에 화가 난 프로타고라스는 이 제자를 상대로 법정에 소송을 제기하였다. 먼저 프로타고라스가 다음과 같이 변론했다.

"어리석은 젊은이여, 그대가 이 소송에서 이기든 지든 그대는 나에게 나머지 수업료를 지급할 수밖에 없을 걸세. 만약 그대가 패소한다면 내가 승소하므로 판결에 따라 내게 나머지 수업료를 지급해야 하고, 만약 그대가 승소한다면 우리의 계약에 따라 나머지 수업료를 지급해야 하네."

이에 에우아틀로스는 전혀 당황하는 기색 없이 다음과 같이 응수했다.

"현명하신 선생님, 제가 이 소송에서 이기든 지든 저는 선생님께 나머지 수업료를 지급할 필요가 없습니다. 만약 제가 승소한다면 판결에 따라 제가 선생님께 지급할 것이 없습니다. 그리고 만약 제가 패소한다면 아직 제가 승소한 적이 없으므로 우리의 계약에 따라 제가 지급할 일이 없습니다."

함께하기

다음 논증에 해당하는 연역논증 형식을 찾고, 그 형식에 맞게 숨은 전제를 보충해 보자.

1) 심상치 않은 꿈을 꾸면 꼭 무슨 일이 일어나. 아무래도 무슨 일이 일어날 거야.

2) 이번에는 1등 하고 만다고? 정말 그러면 뭐든 말해. 집을 팔아서라도 다 들어줄 테니까.

3) 예수 천당, 불신 지옥.

4) 미국 편에 서면 중국 시장을 잃고, 중국 편에 서면 미국 시장을 잃는다. 그러니 거대 시장 하나를 잃을 수밖에 없다.

5) 사람은 혼자 살 수 없다. 그러니 우리도 누군가와 함께 살아야 해.

6) 불법 장애인 시위를 용인하면 사회가 혼란에 빠질 것이다. 왜냐하면 아무도 법을 지키지 않으면 그 사회가 혼란에 빠질 것은 명백하기 때문이다.

3. 귀납논증

전제로부터 결론이 도출될 가능성이 높은 좋은 귀납논증으로는 크게 유비논증, 열거에 의한 귀납, 인과논증, 가설연역법의 네 가지를 들 수 있다. 물론 귀납논증의 경우 전제 모두가 참이더라도 결론이 거짓일 가능성이 언제나 있을 수 있음을 명심해야 한다. 함께 기재된 각 논증의 관련 오류는 다음 단원에서 자세히 다루도록 하겠다.

유비논증	사례	관련 오류
A가 가진 성질 a, b, c를 B도 갖는다. A는 성질 d도 갖는다.	인간이 지닌 넓은 대뇌피질을 고래도 갖고 있다. 인간은 지능이 높다.	잘못된 유비추리
B도 성질 d를 가질 것이다.	고래도 지능이 높을 것이다.	

귀납적 일반화	사례	관련 오류
S의 일종인 s_1은 P이다. S의 일종인 s_2도 P이다. S의 일종인 s_3도 P이다. …… S의 일종인 s_n도 P이다.	3개월 전 개미가 이사하는 걸 봤는데 다음 날 비가 왔다. 1개월 전 개미가 이사하는 걸 봤는데 다음 날 비가 왔다. 어제 개미가 이사하는 걸 봤는데 오늘 비가 왔다.	성급한 일반화의 오류 편향된 통계의 오류
모든 S는 P이다.	개미가 이사하면 다음 날 비가 온다.	

인과논증	사례	관련 오류
일치법 a가 일어날 때는 늘 먼저 A가 있었다. A가 a의 원인이다.	신장결석에 걸린 아기들은 모두 A 분유를 먹었다. A 분유가 신장결석의 원인이다.	원인과 결과를 혼동하는 오류
차이법 A, B, C에서 A만 뺐더니 더 이상 a가 일어나지 않았다. A가 a의 원인이다.	A 분유만 다른 분유로 바꿔 먹였더니 아기의 신장결석이 호전되었다. A 분유가 신장결석의 원인이다.	선후관계와 인과관계를 혼동하는 오류
공변법 A가 변화하니 a도 변화했다. A가 a의 원인이다.	A 분유를 많이 먹은 아기는 신장결석이 심했고, 적게 먹은 아기는 덜 심했다. A 분유가 신장결석의 원인이다.	공통원인을 무시하는 오류

가설연역법	사례	관련 오류
만약 가설 A가 옳다면, a, b, c가 경험이나 실험을 통해 확인될 것이다. a, b, c가 경험을 통해 확인되었다. 가설 A가 옳다.	만약 뉴턴의 만유인력 이론이 옳다면 천왕성 궤도 바깥의 어느 지점에서 아직 알려지지 않은 또 다른 행성을 관측할 수 있을 것이다. 그 지점에서 새로운 행성이 관측되었다. 뉴턴의 만유인력 이론은 옳다.	더 나은 다른 가설이 있을 수 있음 후건 긍정의 오류

다음 논증은 연역논증인가, 귀납논증인가?

논증	논증 분석
이 반의 학생은 40명이다. 따라서 이 반에 생일이 같은 학생이 있다.	전제: 이 반의 학생은 40명이다. 숨은 전제: 1년은 365일이다. 이 반의 학생은 모두 365일 중 하루를 생일로 갖는다. 1번 학생이 1년 중 아무 날 태어날 확률은 365/365다. 2번 학생이 다른 날 태어날 확률은 364/365다. 3번 학생이 다른 날 태어날 확률은 363/365다. …… 40번째 학생이 다른 날 태어날 확률은 326/365다. 40명이 모두 다른 날 태어날 확률은 다음과 같이 계산한다: 365/365×364/365×……×326/365 = 0.1087 40명 중 생일이 같은 학생이 있을 확률은 다음과 같이 계산한다: 1−0.1087 = 0.8913 결론: 이 반에 생일이 같은 학생이 있다.

아래 논증을 다음과 같이 유비논증으로 재구성하고자 한다. A, B, a, b, c에 알맞은 말을 찾아보자.

> **A가 가진 성질 a, b를 B도 갖는다.**
> **A는 성질 c도 갖는다.**

> **B도 성질 c를 가질 것이다.**

해변을 걷다가 모래 위에 떨어진 시계를 발견했다고 해 보자. 당신은 그 시계가 정교하고 복잡한 기계라는 것을 알게 될 것이다. 이와 같이 정교한 사물의 존재를 어떻게 설명할 수 있을까? 파도가 모래를 때림으로써 시계가 우연히 만들어졌다는 설명은 설득력이 없다. 시계의 정교함은 그것이 지성의 산물임을 보여 준다. 시계를 만든 지성적인 존재자가 있었기 때문에 시계는 존재한다.

생명의 세계를 한 번 둘러보라. 그 세계는 엄청나게 정교하고, 환경에 잘 적응된 생명체들로 가득 차 있다는 사실을 당신은 알게 될 것이다. 사실 생명체들은 시계보다 훨씬 더 복잡하다. 우리는 생명체들이 그렇게 놀라울 정도로 정교하게 잘 적응되어 있다는 사실을 어떻게 설명할 수 있을까? 파도가 모래를 때리는 것과 같은 제멋대로의 과정에 의해 난초, 악어, 사람이 존재하게 되었다고 설명하는 것은 설득력이 없다. 엄청난 지성을 가진 창조자가 생명체라고 불리는 대단히 정교하고 잘 적응된 기계들을 만들었다고 설명하는 것이 최상의 설명일 것이다. 우리는 그러한 존재자를 '신'이라고 부른다.

다음 논증에 해당하는 귀납논증 형식을 찾고, 그 형식에 맞게 숨은 전제를 보충해 보자.

1) 참 신기해. 잘못 건 전화는 항상 통화가 된단 말이야.

2) 시리는 생각할 수 있음이 틀림없어. 왜냐하면 인간처럼 말을 알아듣고 대답해 주잖아.

3) 선풍기를 켜고 잔 것이 그가 죽은 원인이야. 왜냐하면 뉴스에도 자주 나온 것처럼 죽은 그의 방에서도 선풍기가 돌아가고 있었거든.

4) 박쥐는 자기가 내는 소리의 반사로 사물을 식별한다. 왜냐하면 박쥐가 소리를 못 내도록 막으면 날아다니지 못하고 날더라도 사물에 부딪히는 것을 관찰할 수 있기 때문이다.

4. 연역과 귀납의 종합적 활용

앞에서도 말했듯이 논증은 "너는 왜 그렇게 생각하니?"라는 반문에 답하는 활동이다. 이제 내가 그 물음에 답해서 어떤 근거를 제시했다고 하자. 그런데 그 근거에 대해서도 다시 상대방이 그건 또 왜 그렇다고 생각하냐고 물을 수 있다. 그렇다면 거기에 대해서도 나는 다시 근거를 제시해야 한다. 논증은 상대방이 "왜?"라는 질문을 멈출 때까지 근거의 연쇄를 마련해 주는 과정이다.

이 연쇄를 튼튼하게 구성하려면 각 연쇄가 좋은 논증으로 이루어져야 하며, 따라서 앞에서 살펴본 연역논증과 귀납논증의 형식을 사용하지 않을 수 없다. 그런데 연역논증은 전제로부터 결론이 반드시 따라 나오는 데 반해 귀납논증은 그렇지 않다. 또 귀납논증은 이 세계에 관해 실질적이고 경험적인 정보를 주지만 연역논증은 그렇지 않다. 따라서 이 두 유형의 논증이 지닌 이런 특징을 잘 활용하여 전체 논증을 구성하는 것이 좋다. 연역논증은 추론의 확실성을 보장해 주므로 전체 논증의 뼈대로 사용한다. 그럼으로써 우리는 최종결론에 이르는 논증의 가운데 줄기를 흔들림 없게 만들 수 있다. 그리고 그 뼈대 위에 실질적인 정보를 생산하는 다양한 귀납논증의 살을 붙인다. 이로써 전체 논증은 튼튼한 뼈대와 풍부한 살을 갖춘 훌륭한 구조물로 완성된다.

함께하기

1. 다음 글을 읽고 아래 활동을 해 보자.

원자력 발전으로 말미암아 사람이나 지구의 생태계가 입게 되는 실제 위험은 거의 무시할 만한 정도이다. 체르노빌 사건 같은 것이 터지기도 하지만 그래서 무슨 일이 일어났는가? 서른 몇 명의 용감한 소방수들이 불필요하게 죽었지만 그것이 세계 인구에 미친 영향은 아주 미미한 수준이다. 야생 생물에는 무슨 일이 일어났는가? 체르노빌 근방의 땅에는 방사능이 너무 심해서 사람들은 들어갈 수 없다. 하지만 야생 생물들은 방사능을 개의치 않는다. 체르노빌로 야생 생물들이 물밀 듯 밀려들어 왔다. 지금은 그곳이 생태계 측면에서 가장 풍부한 곳이다.

그리고 사람들은 묻는다. "핵폐기물을 어떻게 할 것인가?" 나는 이렇게 답하겠다. 그것을 아주 소중한 야생 지역에 갖다 두어라. 만약 밀림 지역의 다양한 생물을 여러분이 보존하고 싶다면, 핵폐기물 한 통을 그 지역 깊숙이 떨어트려 놓아 개발업자들이 그 지역에 접근하지 못하도록 하라. 야생 생물의 주기가 약간 짧아질지도 모른다. 하지만 동물들은 그 점을 알지 못할 것이며, 그것에 신경 쓰지도 않을 것이다. 자연 선택을 통해 변이가 발생할 것이다. 생명은 계속될 것이다.

나는 거대한 원자력 발전소의 부산물을 묻어 놓을 콘크리트 구덩이를 기꺼이 받아들이겠다. 나는 그 폐기물을 집 난방에 쓰겠다. 또 닭고기나 살모넬라균이 들어 있는 뭔가 등을 살균하는 데 쓰겠다. 사람들이 그 콘크리트 구덩이 꼭대기에 앉아 있는 내 손자들의 사진을 찍으러 온다면 나는 그들을 기꺼이 반길 것이다.

― 제임스 러브록, 《가디언》

1) **다음 글의 뼈대를 이루는 연역논증의 연쇄를 아래와 같이 구성하였다. 빈칸에 알맞은 내용을 채워 보자.**

최종결론: 원자력 발전으로 사람과 지구 생태계가 입을 위험은 크지 않다.

전제:

1. 원자력 발전으로 사람이 입을 위험은 크지 않다.

  1.1. (　　　　　　　　　　　　　　　　　　　　　　　　)

1.2. 발전소 사고는 사람에게 큰 위협이 되지 않는다.

1.3. 핵폐기물도 사람에게 큰 위협이 되지 않는다.

2. (   )

2.1. 원자력 발전이 지구 생태계에 가할 위험 요소는 발전소 사고
와 핵폐기물이 있다.

2.2. 발전소 사고는 지구 생태계에 큰 위협이 되지 않는다.

2.3. (   )

**2) 다음 글의 살을 이루는 귀납논증을 아래와 같이 구성하였다. 빈칸에
알맞은 내용을 채워 보자.**

1.2. 발전소 사고는 사람에게 큰 위협이 되지 않는다.

1.2.1. 서른 몇 명의 소방수가 불필요하게 죽었지만 세계 인구에 미
친 영향은 미미하다.

1.3. (   )

1.3.1. 핵폐기물은 오히려 난방과 살균에 유용하게 쓸 수 있다.

2.2. 발전소 사고는 지구 생태계에 큰 위협이 되지 않는다.

2.2.1. (   )

2.3. 핵폐기물도 지구 생태계에 큰 위협이 되지 않는다.

2.3.1. 핵폐기물을 이용해 오히려 야생 지역의 생물 다양성을 보존
할 수 있다.

4장

오류와
인지 편향

좋은 논증은 ① 받아들일 만한 전제에 의해 ② 결론이 잘 뒷받침되는 논증이다. 이 둘 중 어느 하나라도 문제가 있다면 그런 논증은 결론을 뒷받침하기에 충분하지 않다고 말할 수 있다. 그런데 이런 논증들 가운데는 한 번의 시행착오 이후 잘못이 확인되어도 여전히 반복되는 것이 있다. 여기서 우리는 이런 논증들을 다루고자 한다. 우리가 다룰 오류 논증들에는 이름이 붙어 있는데, 이는 이런 잘못된 추리가 빈번히 일어난다는 것을 방증한다. 빈번히 일어나는 잘못된 사고에는 우리 인간의 인지 편향에서 비롯된 것도 있다. 말하자면 시스템 1의 부작용인 셈이다. 인지 편향은 우리의 사고 과정 가장 밑바닥에서 우리의 의도나 의지와 상관없이 진행되는 것이어서 뿌리 뽑거나 사전에 차단하는 것이 사실상 불가능하다. 그러니 우리가 할 일은 우리 정신 과정의 이러한 한계를 인정하고 그 편향을 간파하고 수시로 교정하는 능력을 키우는 것뿐이다. 이번 기회에 각 유형의 오류와 편향이 어떤 측면에서 문제가 있는지 정확히 파악하여 가급적 잘못을 반복하지 않도록 하자.

1. 전제를 잘못 사용하는 경우

1) 허수아비 논증의 오류

허수아비 논증의 오류는 상대방의 주장을 공격하기 쉽게 허수아비로 만들어 그것을 자기 논증의 전제로 삼아 반박하는 오류이다.

> A: 강원도 산간 지역에 많은 사람이 와서 편히 쉬고 즐길 수 있는 관광단지를 개발하여 지역 경제를 활성화해야 한다.
>
> B: 당신은 강원도 산간 지역에 자연을 파괴하는 대규모 골프장이나 위락 시설을 건설하자고 주장하는데 이는 오염되지 않은 강원도의 청정 생태계를 파괴하는 것이다. 따라서 절대로 찬성할 수 없다.

A의 주장을 악의적으로 왜곡하고 그것을 전제로 자신의 반대 견해를 이끌어 내고 있으므로 B의 반박 논증은 아무리 설득력 있어도 A의 원래 주장을 조금도 건드리지 못한다.

2) 선결문제 요구의 오류

선결문제 요구의 오류 또는 순환논증의 오류는 입증해야 하는 결론이 교묘하게 숨은 전제로 이미 쓰임으로써 논증의 정당화 기능을 제거해 버리는 오류이다.

> 예수는 하나님의 아들이다. 왜냐하면 예수 스스로 자신이 하나님의 아
> 들이라고 말했고, 하나님의 아들은 절대 거짓말을 하지 않기 때문이다.

예수가 하나님의 아들이라는 그 결론을 숨은 전제로 가정하지 않는
한 하나님의 아들이라는 예수의 말이 거짓이 아님을 보증할 수 없다.

3) 흑백 사고의 오류

흑백 사고의 오류는 제3의 선택지가 있는데도 불구하고 오직 두
개의 선택지만 있는 것처럼 전제하여 원하는 결론을 유도하는 오류
이다.

> 당신은 어떤 인간과 더불어 살고 싶은가? 기회만 닿으면 기꺼이 교수
> 대의 버튼을 누를 사람들 틈에 살고 싶은가? 아니면 차마 교수대의 버튼
> 을 누르지 못하는 사람들 틈에 살고 싶은가? 교수대에 버둥거리는 사람
> 을 보며 환호하는 사람과 이웃하고 싶은가? 아니면 그 장면에 고개를 돌
> 려 버리는 사람과 이웃하고 싶은가? 당신의 답은 자명하지 않은가?

기꺼이 교수대의 버튼을 누르고 환호하는 사람과 차마 누르지 못
하고 고개를 돌려 버리는 사람, 이렇게 두 종류의 사람만 있는 것처럼
전제하고 선택을 강요하고 있다. 이를테면, 교수대 버튼을 누르는 것

이 차마 못 할 일이지만 그래도 선량한 시민의 안녕을 위해 버튼을 누를 사람도 있을 수 있다.

4) 사후 판단 편향

우리는 우리 자신의 과거 경험을 토대로 현재를 판단하거나 미래를 예측한다. 그러나 내가 기억하는 나의 과거는 진짜 과거가 아니다. 우리 인간은 과거를 설명하는 조잡한 이야기를 꾸며 놓고 그것을 진짜라 믿으며 끊임없이 자신을 속이기 때문이다. 우리 정신의 시스템 1은 결과에 비추어 행운을 실력으로, 불운을 실수로, 무심코 한 행위를 좋거나 나쁜 성격이나 성향 탓으로 돌리는 방식으로 그럴듯하게 이야기를 꾸며 기억하기 좋아한다. 시스템 1이 논리를 짜 맞춰 주는 덕에 우리는 세계를 실제보다 더 깔끔하고, 단순하고, 예측 가능하고, 조리 있는 것으로 인식한다. 그리고 과거를 이해했다는 착각은 미래를 예측하고 통제할 수 있다는 또 다른 착각을 낳는다. 더욱 심각한 문제는 여기에 확신 편향까지 더해진다는 점이다. 그런 이야기가 논리적으로 일관된 데다 인지적 편안함까지 주면 확실하다고 철석같이 믿고 조금도 의심할 생각을 갖지 않는다.

> 요즘 젊은 대학생들은 예의도 없고, 생각도 없고, 내용이 조금만 어려워도 도대체 이해를 못 해. 내가 대학 다닐 때는 이렇게까지는 아니었어. 중고등학교에서 도대체 어떻게 교육을 시키는 거야.

요즘 젊은이들의 지적 수준이 자신의 그 시절보다 떨어진다고 전제하고, 그 원인을 중고등학교 교육 탓으로 돌리고 있다. 하지만 이 전제는 잘못되었을 가능성이 매우 크다. 세계를 새로운 시각으로 바라보기 시작하면 인간은 그전에는 자기가 어떤 생각을 했는지 기억하는 능력이 급속도로 떨어지고, 또 그에 따라 자신의 현재 관점에 맞춰 이후 일어난 결과와 잘 어울리게 자신의 과거를 재구성하기 때문이다. 한마디로, 지금 내가 세계를 이해하는 시각이 깊고 넓어진 것이 마치 대학 때부터 그러했기 때문인 것처럼 착각한다는 것이다.

5) 회상 용이성 편향

시스템 1은 손쉽게 회상되는 사건이 빈도도 높다고 착각한다. 따라서 극적인 사건, 두드러진 사건, 직접 경험한 사건 등의 경우 그 빈도가 실제보다 높다고 잘못 생각한다. 왜곡된 통계 정보를 전제로 어떤 판단이나 결정이 내려지는 일이 비일비재할 수밖에 없는 것이다.

> 당뇨병으로 죽는 사람이 많겠습니까? 교통사고로 죽는 사람이 많겠습니까? 건강보험도 중요하지만 길거리에서 일어나는 사고에 대비한 보험이 더 시급합니다.

각종 교통사고로 인한 사망이 미디어에 더 많이 노출되는 까닭에 우리는 당뇨병보다 교통사고 사망자가 훨씬 많을 것이라 추정한다.

4장 오류와 인지 편향

하지만 2021년 통계에 따르면 당뇨병 사망자는 10만 명당 17.5명, 운수사고 사망자는 7.1명이었다.

함께하기

다음 논증에서 어느 전제를 잘못 사용하고 있는지 토론해 보자.

　나는 이 시험에 합격할 운명이거나 합격하지 못할 운명이다. 만약 합격할 운명이라면 공부를 하지 않더라도 나는 이 시험에 합격할 것이다. 만약 합격하지 못할 운명이라면 내가 아무리 공부하더라도 합격하지 못할 것이다. 그러므로 나는 공부를 할 필요가 전혀 없다.

2. 전제에서 결론을 잘못 도출하는 경우

1) 연역 관련 오류

　연역논증은 전제가 참일 때 결론이 반드시 참이 되는 논증이기 때문에 그 형식을 지키는 한, 결론 도출 과정에 문제가 생길 일은 없다. 다만 연역논증이라고 착각할 우려가 있는 세 가지 논증만 지적하고자 한다.

(1) 후건 긍정의 오류와 가설연역법

후건 긍정의 오류	사례	전건 긍정식
p라면 q. q.	독감에 걸리면 몸살을 앓는다. 나는 몸살을 앓고 있다.	p라면 q. p.
p.	나는 독감에 걸렸다.	q.

조건문의 전건을 긍정하면 후건이 반드시 결론으로 따라 나온다 (전건 긍정식). 그러나 조건문의 후건을 긍정한다고 전건이 결론으로 반드시 따라 나오는 것은 아니다. 독감에 걸리면 다 몸살을 앓는다고 하자. 그리고 내가 지금 몸살을 앓는다고 하자. 그래도 이 몸살로부터 내가 독감에 걸렸다는 사실이 보장되지는 않는다. 내가 지금 앓는 몸살은 독감이 아니라 다른 것, 예컨대 코로나 때문일 수도 있기 때문이다.

뛰어난 관찰자는 이미 알아챘을 것이다. 여기서 한 가지 주의할 것이 있다. 후건 긍정의 오류에 해당하는 논증 형식은 귀납논증의 가설연역법과 같다. 다만 가설연역법에서는 조건문의 전건에 가설에 해당하는 과학의 이론이나 법칙이 들어오고, 후건에 그 가설이 맞는다면 확인할 수 있는 측정이나 관찰 결과가 들어올 뿐이다. 그렇다면 우리가 신뢰해 마지않는 과학의 법칙을 입증하는 과정에서 우리가 후건 긍정의 오류를 범하고 있다는 말인가? 그렇다. 가설연역법을 연역논증으로 간주한다면 후건 긍정의 오류를 범하게 된다. 이는 좋은 귀납논증의 한 형태이기는 하지만 전제로부터 결론이 반드시 도출되는 타

　　　　　　　　　　　　　　4장 오류와 인지 편향

당한 논증은 아니기 때문이다.

가설연역법도 후건 긍정의 오류가 지닌 문제점을 그대로 안고 있다. 어떤 이론 T가 옳다면 일정 조건에서 현상 H가 실험을 통해 관측된다고 하자. 그리고 일정 조건에서 수행한 실험에서 현상 H가 실제로 관측되었다고 하자. 이로부터 이론 T가 옳다는 결론이 반드시 따라 나오는가? 그렇지는 않다. 이론 T가 참일 가능성이 크다고 평가할 수는 있어도 반드시 참이라고 할 수는 없다. 왜냐하면 관측된 현상 H를 더 잘 설명하는 다른 더 좋은 이론 T′이 있을 수 있기 때문이다. 그래서 실제 과학자들은 이런 가능성을 최대한 배제하기 위해서 이론 T 하에서만 예측될 수 있는 독특한 현상을 다방면으로 고안하여 실험으로 확인하는 작업을 무수히 반복한다.

(2) 전건 부정의 오류

전건 부정의 오류	사례	후건 부정식
p라면 q. p가 아니다.	독감에 걸리면 몸살을 앓는다. 나는 독감에 걸리지 않았다.	p라면 q. q가 아니다.
q가 아니다.	나는 몸살을 앓지 않는다.	p가 아니다.

조건문의 후건을 부정하면 전건도 반드시 부정되지만(후건 부정식), 전건을 부정한다고 후건이 반드시 부정되는 것은 아니다. 첫 번째 전제는 독감이 몸살의 충분조건이라고 말할 뿐 필요조건이라고 말하고 있지는 않다. 몸살에 독감이 꼭 필요한 것은 아니라는 말이다. 따라서

두 번째 전제처럼 내가 독감에 걸리지 않았더라도 나는 예컨대 코로나 등 다른 이유로 충분히 몸살을 앓을 수 있다.

(3) 선언지 긍정의 오류

선언지 긍정의 오류	사례	선언지 제거법
p 또는 q. p.	나는 코로나에 걸렸거나 독감에 걸렸다. 나는 코로나에 걸렸다.	p 또는 q. p가 아니다.
q가 아니다.	나는 독감에 걸리지 않았다.	q.

선언문 "p 또는 q."는 p와 q 중 적어도 하나만 참이면 참이 된다. 물론 둘 다 참일 때도 참이다. 내가 코로나, 독감 둘 다 걸려서 첫 번째 전제가 맞을 수도 있기 때문에 내가 코로나에 걸렸다고 해서 독감에 걸리지 않았다는 것이 반드시 따라 나오는 것은 아니다.

함께하기

다음 논증이 범하고 있는 오류를 지적해 보자.

1) 미인은 잠꾸러기인데 나도 잠꾸러기니까 나는 분명 미인이다.

2) 로또에 1등 당첨되면 꼭 전 세계를 한 바퀴 돌 것이다. 그런데 로또 당첨은 물 건너갔다. 그러므로 내가 전 세계를 한 바퀴 도는 일도 물 건너갔다.

4장 오류와 인지 편향

2) 귀납 관련 오류와 편향

(1) 잘못된 유비추리

유비추리는 익숙한 것을 통해 낯선 것을 이해하는 데 쓰인다. 익숙한 것이 지닌 속성을 낯선 것도 가지리라고 보는 것이다. 우리가 과거의 유사한 경험을 활용해 미래를 예측하는 것도 많은 부분 유비추리라 할 수 있다. 유비추리의 성패는 비교 대상이 공통으로 가지는 성질들과 추리하고자 하는 성질 간의 상관성 정도에 달려 있다. 아래 예처럼 아무리 유사한 것이 많더라도 그와 상관성이 떨어지는 성질을 추리한다면 잘못된 유비추리의 오류를 범한다.

> 친구인 유정과 나는 같은 아파트에 살며, 같은 학교에 다니며, 같은 미용실, 헬스클럽, 옷 가게를 이용한다. 나는 오늘 저녁 남자친구를 만난다. 그러므로 유정도 오늘 저녁 남자친구를 만날 것이다.

이 정도로 상관성이 떨어지는 성질을 엮는 잘못된 유비추리는 누구도 하지 않을 것이다. 하지만 문제가 그렇게 간단하지만은 않다. 우리의 시스템 1은 지나치게 낙관적이고 창조적이어서 약간의 유사한 정보만 주어져도 '보이는 게 전부'라는 원리가 적용되어 어느새 양쪽을 당당히 연결해 유비추리를 감행해 버리기 때문이다.

> 현재 우리 대학 4학년인 수정이는 네 살 때 막힘없이 글을 읽었다. 그
> 의 대학 평점은 몇 점이겠는가?

4.0, 4.1 등의 점수가 바로 떠오르는가? 그렇다면 이미 당신은 잘 못된 유비추리를 감행한 것이다. 어떻게 네 살 때 글을 잘 읽은 것과 대학의 평점이 연결될 수 있는가? 글을 잘 읽었다는 것으로 수정의 학업 능력을 약간은 추정할 수 있겠지만 현재 수정의 대학 평점을 결정하는 엄청나게 많은 변수를 고려한다면 둘의 상관성은 극히 미미하다.

(2) 성급한 일반화, 편향된 통계의 오류

개별 경험 사례들로부터 일반적 진술을 이끌어 내는 귀납적 일반화 만큼 친숙하게 자주 쓰이는 추리는 없을 것이다. 귀납적 일반화가 가능한 한 올바로 이뤄지기 위해서는 첫째, 전제로 쓰인 관찰 사례(표본)의 수가 충분해야 하며 둘째, 종류가 골고루 다양해야 한다. 첫째 조건을 충족하지 못할 때 성급한 일반화, 둘째 조건을 충족하지 못할 때 편향된 통계의 오류를 범한다. 물론 그렇다고 해서 오류를 면하기 위한 최소한의 수나 종류가 정해져 있는 것은 아니다. 어떤 때는 수나 종류가 적어도 충분한 반면, 어떤 때는 많아도 부족하다.

의사, 간호사, 운동선수, 소방관, 체스 챔피언 등의 전문가가 해당 영역에서 내리는 직관적 판단은 정확하여 좋은 결과를 이끌어내는 경우가 많다. 따라서 전문가의 직관적 판단은 믿을 만하다.

주식 전문가, 정치학자 등의 전문가가 해당 영역에서 내리는 직관적 판단은 주사위 던지기보다 나은 게 없다. 따라서 전문가의 직관적 판단은 믿을 수 없다.

편향된 통계의 오류를 보여 주고 있는 이 두 논증은 우리가 왜 귀납적 일반화에 자주 실패하는지를 잘 보여 준다. 자기 의견에 어긋나지 않을 사례가 우선 머리에 떠오르고 나면 설령 그 사례가 매우 희귀한 경우일지라도 기꺼이 주요 증거로 채택하는 것이 우리 시스템 1이 지닌 확증 편향의 본성이기 때문이다. 이런 오류에서 벗어나려면 두 논증에서 거론되는 전문가들 모두에게서 공통으로 확인되는 훌륭한 직관적 판단의 방식을 정교하게 명시하려는 노력이 필요하다. 예컨대 전자의 전문가들은 일정한 규칙성이 있는 상황을 대상으로 직관적 판단을 내리는 반면 후자의 전문가들은 그렇지 않다는 것이 확인된다면, 전문가의 직관적 판단은 일정한 규칙성이 있는 상황을 대상으로 할 때만 믿을 수 있는 것으로 한정할 수 있다.

(3) 세 가지 잘못된 인과추리

두 사건 사이에 선후관계가 성립하고 그 선후관계가 반복적으로 관찰될 때 우리는 두 사건 사이에 인과관계가 있다는 심증을 갖게 되고, 반복 관찰의 횟수가 많아지면 많아질수록 그 심증은 더욱 굳어지며, 앞에서 살펴본 여러 인과논증의 검증을 통과하게 되면 인과관계를 확신하게 된다. 인과추리를 논증으로 구성하면 그 전제는 사건의 선후관계 경험과 그 경험의 반복이 되고, 결론은 '～는 ～의 원인'이라는 인과주장이 된다. 선후관계를 반복해서 경험하는 횟수는 유한한 반면 그 전제에서 이끌어 내는 결론의 인과주장은 언제 어디서나 적용되는 보편적 진술이기 때문에 설령 전제가 성립하더라도 결론이 반드시 성립하지는 않는다. 충분한 경험이 뒷받침되어도 인과법칙은 성립하지 않을 수 있다는 말이다.

설상가상으로 올바른 인과추리를 어렵게 하는 데는 우리의 시스템 1도 한몫한다. 문제는 시스템 1이 우연과 운을 극도로 싫어하고 인과를 너무 좋아해서 사소한 증거만으로도 없는 인과를 만들어 낸다는데 있다. 자칫 경계를 허술히 하면 우리는 우연을 인과로, 행운을 의도와 능력으로, 불운을 실수로 바꿔 놓은 시스템 1의 무구한 장난에 놀아날 수 있다. 세 가지 대표적인 잘못된 인과추리를 통해 이를 확인해 보자.

선후관계를 인과관계로 혼동하는 오류

'오비이락(烏飛梨落)'이라는 속담처럼 까마귀가 날고 다음에 우연히 배가 떨어진 것을 보고 까마귀가 난 것이 배가 떨어진 원인이라고 결론 내리는 오류를 말한다. 좀 더 어려운 경우를 보자.

작년까지도 위태했던 A 기업이 올해에는 저토록 큰 성과를 거둔 반면 작년에 눈부신 성과를 냈던 B 기업이 올해는 지지부진한 까닭이 뭘까? A 기업은 최고 경영자를 교체하고 조직을 개편하는 등 혁신의 노력을 기울인 반면 B 기업은 성공에 안주했기 때문이다.

이 논증은 A 기업이 최고 경영자를 교체하고 조직을 개편한 것, 그리고 올해 실적이 좋아진 것, 이 두 가지 경험적 증거를 근거로 그 둘을 엮어서 전자가 후자의 원인이라고 결론짓고 있다. 그렇다면 과연 실적이 좋아진 것이 그런 혁신의 노력 때문일까? 광범위한 조사에 따르면 경영진의 능력과 회사의 성과 사이에는 어떤 상관성도 찾기 어렵다고 한다. 냉정히 말하면 A 기업은 작년에 특히 불운해서 실적이 나빴다가 그 시기가 지나며 평균치 언저리로 올라왔을 뿐이고, B 기업은 반대로 작년에 특히 운이 좋아서 실적이 좋았다가 평균치로 내려왔을 뿐이다. 이것을 경영진의 능력과 노력 덕으로 돌린 시스템 1의 그럴듯한 스토리텔링에 대해서는 매우 세심한 주의가 필요하다.

원인과 결과를 혼동하는 오류

원인을 결과로, 결과를 원인으로 뒤집어 인과를 주장하는 경우로, 특히 인간사에서 상관관계를 보이는 두 사건을 인과관계로 확정하고 자 할 때 자주 범하는 오류이다. 가난이 저학력을 낳고 저학력이 다시 가난을 낳는 것처럼, 인간사의 경우 원인과 결과가 서로 맞물려 순환 고리를 이루는 탓에 인과관계를 확정하기 어려운 경우가 많다.

> 그 회사가 왜 망했는지는 그 회사 최고 경영자를 만나 보면 알아. 너무 고지식해.

그 회사가 망하고, 최고 경영자가 고지식하다는 두 가지 경험으로 부터 최고 경영자의 그런 자질이 그 회사가 망한 원인이라고 결론짓 고 있다. 앞서 말한 것처럼 경영진의 능력이 회사의 성과에 미치는 영 향력이 미미하다는 점을 고려하면 이 논증 역시 원인을 짚어 보기 좋 아하는 시스템 1의 작동 결과라 할 수 있다. 더구나 섣부른 판단일지 언정 사람들은 성공과 실패의 결정적 요인을 뭐라도 짚어 주는 이야 기에 더 혹하지 않는가? 그리고 이 예에서는 후광 효과의 영향까지도 살펴보아야 한다. 만약 그 회사가 망하지 않고 번창했다면 그 최고 경 영자를 여전히 고지식하다고 평가할까? 그 회사가 망했다는 것을 알 기 때문에 우리는 그 앎의 후광 효과로 그에게 고지식하다는 딱지를 붙였던 것이다. 결론적으로 경영자가 고지식해서 회사가 망한 것이 아 니라, 회사가 망해서 그 경영자가 고지식하다는 평가를 받은 것이다.

공통원인을 무시하는 오류

늘 번개가 먼저 번쩍이고 뒤이어 천둥소리가 들린다고 해서 번개가 천둥의 원인은 아니다. 구름에서 방전이 일어나면 빛과 소리가 동시에 발생하는데, 빛은 소리보다 전달 속도가 빨라 우리에게는 번개가 먼저 경험될 뿐이다. 번개와 천둥은 구름에서의 방전이라는 공통의 원인을 갖는다.

기훈과 상우가 제출한 기말 과제를 보니 둘의 내용이 완전히 똑같다. 누가 누구 것을 베꼈는지 실토하지 않으면 모두 0점 처리하겠다.

이 추리에서도 '보이는 것이 전부'라는 시스템 1의 원칙이 우선 작동한 것을 볼 수 있다. 눈앞에 우선 보이는 것이 두 사람의 과제뿐이므로 이 둘만으로 인과관계를 구성해 버린 것이다. 하지만 두 사람이 각자 인터넷에서 똑같은 자료를 다운 받아 제출한 것일 수도 있다.

함께하기

다음 논증이 범하고 있는 오류를 지적해 보자.

1) 무작위로 선택한 천 명의 헤로인 중독자를 조사한 결과, 그들의 70%가 헤로인 사용 전에 마리화나를 사용했다는 것이 밝혀졌다. 따라서 마리화나 사용자 가운데 약 70%는 헤로인을 사용하게 될 것이다.

2) 사람들이 애완동물을 매우 중요시한다는 것은 분명하다. 어떤 정신과 의사가 환자들에게 그들의 애완동물이 가족의 일원이라고 생각하는지 물었더니 약 45%의 환자가 그렇다고 대답했다.

3) 89세의 어떤 부인이 독감 예방 주사를 맞고 이틀 후 갑자기 죽었다. 그러므로 독감 예방 주사로 인해 그가 죽었음이 틀림없다.

4) 기업에서 일하고 있는 수천 명의 사람들을 조사한 결과에 따르면 최고 경영자가 일반 직원보다 더 많은 어휘를 사용한다고 한다. 그러므로 최고 경영자가 되고자 한다면 더 많은 어휘를 사용하는 것이 좋을 것이다.

5) 수십 개 축구팀의 수년간 축구 경기 통계 수치를 조사한 결과, 이긴 팀은 거의 대부분 진 팀에 비해 패스가 더 많았다. 따라서 축구 경기에서 승리하려면 패스 수를 늘려야 한다.

3. 타당성 착각을 넘어서

시스템 1은 신속하게 판단하고 빠르게 대처하는 데 특화된 사고 영역이다. 즉각적으로 반응할 수 있도록 어려운 문제도 쉬운 문제로 바꿔 재빠르게 답을 이끌어 내며, 조그마한 단서만 주어져도 그것만으로 조리 있고 깔끔하고 단순하고 예측 가능한 형태로 세계를 조립해 낸다. 매사 낙관적인 시스템 1은 자기가 만든 이야기가 내적 일관성을 갖추고 인지적 편안함을 주면 자기 믿음에 강한 자신감을 갖는다.

이런 근거 없는 자신감을 '타당성 착각'이라 부른다.

시스템 1의 이러한 편향과 타당성 착각은 우리가 살면서 수시로 행하는 크고 작은 결정에서도 비합리성을 낳는 데 일조한다. 어떤 결정이 합리적임을 보이려면 ① 그 결정으로 성취하고자 하는 좋은 결과가 있고, ② 그 결정을 통해 그 결과를 달성할 확률이 높으며, ③ 대안이 되는 다른 어떤 결정보다도 낫다는 것을 근거로 제시하여야 한다. 다음의 의사결정 사례를 보자.

> 펀드 매니저 A는 누구보다도 경제 자료와 전망을 잘 이해하고, 회사의 대차대조표와 손익계산서를 잘 파악할 뿐만 아니라 최고경영진의 자질을 분석하는 데도 능해. A에게 주식 투자를 맡겨.

이 논증에 따르면 A에게 주식 투자를 맡기는 것이 합리적인 까닭은 그렇게 하면 ① 돈을 번다는 좋은 결과가 있고, ② A를 통해 그 좋은 결과를 달성할 확률이 높기 때문이다.

먼저 A를 통해 돈을 벌 확률이 과연 높은지 살펴보자. 이 논증은 그렇게 보는 근거로 A가 경제 자료, 회사의 회계 관련 서류, 경영진의 자질 등을 잘 분석하고 파악하는 능력이 있다는 것을 제시하고 있다. 하지만 A의 이런 능력이 A가 주식으로 수익을 얻는 것에 실제로 도움이 될까? 주가의 흐름을 결정하는 요인은 이것 외에도 너무나 많아서 A의 그런 능력만으로는 어떤 기대도 하기 어렵다. 여기서 흥미로운 점은 이런 사실을 다 알고 있지만 그럼에도 불구하고 우리는 A 같은 사람에게 또 주식 투자를 맡긴다는 점이다. 그런 능력을 가진 사람이라면 주식 투자도 잘할 것이라는 시스템 1의 낙관적인 스토리가 논리적으로 일관될 뿐만 아니라 인지적 편안함마저 안겨 주기 때문이다.

결과를 달성할 확률을 판단할 때뿐만 아니라 수익으로 대변되는 기대 가치를 평가하는 데에도 편향이 숨어 있다. 기대하는 좋은 결과가 아름다움, 올바름, 행복, 화목 등의 추상적 가치일 경우 일률적으로 평가하기가 어려워지는 것은 당연하다. 하지만 금전적 가치만을 고려할 때에도 편향이 개입된다. 예컨대 100만 원을 기부하는 데는 심사숙고를 거듭하면서 1억 원짜리 물건을 팔면서 100만 원을 깎아 주는 일은 서슴없이 한다. 또 80만 원을 그냥 내고 끝낼 것인지 아니면 100만 원을 잃을 확률 85%(안 잃을 확률 15%)인 내기를 할 것인지 묻는다면 대다수가 도박을 선택한다. 기대되는 손해가 85만 원으로 그냥 내고 끝낼 때의 80만 원보다 더 큰데도 말이다.

대안이 되는 다른 결정을 검토할 때도 시스템 1은 큰 방해물이 된다. 왜냐하면 가장 먼저 떠오르는 대안이 가장 친숙하고 인지적 편안함을 줌에 따라 그것으로 충분하다는 강한 자신감을 갖게 하기 때문이다.

그렇다면 의심과 비판의 역할을 담당하는 시스템 2를 어떻게 적시적소에 가동할 것인가? 이를 위해 가장 먼저, 그리고 늘 명심해야 할 것이 있다. 시스템 1에는 시스템 2의 가동을 막는 기발한 무기가 있다는 점이다. 근거 없는 자신감을 불어넣음으로써 의심의 여지를 차단하는 '타당성 착각'이 그것이다. 우리는 이 점을 겸허히 인정하는 데서 출발해야 한다. 시스템 2가 지닌 이른바 순수한 '이성의 힘'을 키우

4장 오류와 인지 편향

는 것만으로는 결코 문제를 해결할 수 없다. 인간 이성은 말하자면 장애자이다. 우리에게는 이 장애를 보조할 '넛지(Nudge)'가 필요하다. 비판과 토론의 문화는 잘못된 길로 수시로 빠질 수밖에 없는 자신을 자각한 정신이 스스로를 위해 발명한 가장 좋은 넛지가 아닐까.

함께하기

여기서 다룬 오류 외에도 이름 붙여진 많은 오류가 있다. 아래 오류를 조사하고 사례를 통해 설명해 보자.

- 사람에 호소하는 오류(인신공격의 오류, 정황적 논증, 피장파장의 오류)

- 부적합한 권위에 호소하는 오류

- 군중에 호소하는 오류

- 우연의 오류

- 복합질문의 오류

- 결합의 오류, 분해의 오류

5장

논증
명료하게 하기

한 주제와 관련한 논쟁이 생산적으로 진행되기 위해서는 서로 주고
받는 표현의 의미에 차이가 있어서는 안 된다. 서로 다른 의미로 불명
료하게 사용된다면 그 논쟁은 결국 어떤 일치점도 갖지 못하고 단순
한 말싸움으로 끝나고 말 것이기 때문이다. 표현의 의미가 불명료한
경우는 '애매'할 때와 '모호'할 때로 나눌 수 있다. 먼저 모호한 경우
부터 살펴보자.

1. 모호한 표현 명료하게 하기

> A : 나는 비록 임신 초기라고 해도 낙태는 해선 안 된다고 생각해. 왜냐하
> 면 낙태는 사람을 죽이는 것이니까.
>
> B : 초기 낙태는 그냥 수정란을 자궁벽에서 떼어 내는 것일 뿐인데 그게
> 어떻게 사람을 죽이는 것이야?
>
> A : 사람의 난자와 정자가 결합한 수정란은 사람으로 성장할 존재니까 사
> 람으로 봐야 해.
>
> B : 그런 논리면 난자와 정자도, 난자와 정자를 이루는 단백질도 사람으로
> 봐야 해. 사람으로 성장할 존재니까 말이야. 사람으로 보려면 사람의
> 형상을 갖추든가 사유 능력을 갖추든가 하는 다른 조건이 더 필요해.
>
> A : 그럼, 사람이 살다가 그런 조건을 잃어버리면 더 이상 사람이 아닐 수
> 도 있다는 말이야?

A와 B는 태아에서 시간을 거슬러 수정란에 이르기까지, 어디까지
를 사람으로 볼 것이냐를 두고 서로 의견을 달리하고 있다. 사람에 해
당하는 대상의 범위에 A는 수정란도 포함시키는 반면, B는 그렇지 않
다. 이처럼 한 표현이 적용되는 대상의 범위(외연)가 분명치 않을 때
그 표현을 '모호하다(vague)'고 한다. 대표적으로 '대머리'는 머리카락
이 몇 개 이하일 때부터인가? '부자'는 총재산이 정확히 얼마 이상일
때부터인가?

사실 우리가 일상적으로 사용하는 표현은 거의 대부분 모호하다. 물

론 우리는 정의를 통해 모호성을 최대한 줄일 수는 있다. 모범적인 학생에게는 표창을 수여한다는 규정에서 '모범적인 학생'의 의미를 '해당 학기 내에, 평균 평점 4.0 이상이며 근신 이상의 징계를 받지 않은 학생'으로 정의한다면 대상자의 경계선을 분명히 긋는 것이 가능해질 것이다. 이런 종류의 정의를 가장 많이 볼 수 있는 곳으로는 법률 조문을 들 수 있다. 조문에 해당하느냐 해당하지 않느냐에 따라 법의 혜택을 받느냐 마느냐, 또는 처벌의 대상이 되느냐 마느냐가 결정되기 때문에 입법자는 그 범위를 정하는 데 고심을 거듭할 수밖에 없다. 그렇지만 일상의 표현들 모두에서 모호성을 제거할 수는 없다. '사랑'을 어떻게 모호성 없이 정의할 것인가? 어떻게 경계를 정해도 사랑 아닌 것이 그 안에 들어 있고, 또 어떤 사랑은 그 경계 밖으로 나와 있을 것이다. 우리는 '사랑'을 연인 간에도, 부모와 자식 간에도, 신과 인간 간에도, 예술과 인간 간에도 폭넓게 사용하며 그런 두루뭉술한 개념을 통해 우리 삶의 중요한 부분을 이해하고 또 그에 맞춰 행동한다. 법조문을 보며 우리는 거기서 확정하고 있는 경계가 작위적이라고 느낀다. 일상의 표현을 그렇게 정의하게 되면 거기서 받는 작위적 느낌은 더 클 것이고, 그 정의를 통해 사랑을 온전히 이해하기는 더더욱 어려울 것이다.

모호성을 제거하는 것이 꼭 필요하고 또 그렇게 함으로써 엄청난 성과를 거둔 분야가 있다. 자연과학의 영역이다. 원자를 원자량으로, 열을 평균 분자 운동 에너지로 정의하는 것처럼 자연과학의 이론적 정의는 자연 세계의 대상을 수학을 이용해 양화된 형태로 정의함으로써 그 경계를 분명히 하고, 또한 정밀한 측정의 대상이 되도록 만들었다. 모호성을 최대한 제거하는 과정에서 자연과학이 도입한 정의로 '조작적 정의(operational definition)'도 빼놓을 수 없다. 과학의 가설은 확립된 이론이 되기 위해 실험이나 관찰을 통해 확증되어야 하며, 그러기 위해서는 이론을 기술하는 용어에 대응하는 경험적 용어가 있어야 한다. 조작적 정의가 이 일을 수행한다. 조작적 정의는 이론용어를 '실험적 조작 절차'와 '그 절차를 거쳐 측정 가능한 결과'로 정의한다. 예를 들어 '산성'과 같은 이론용어는 다음과 같이 정의된다.

'산성'은 푸른색 리트머스 용지와 접촉하면 붉게 변하는 성질을 말한다.

여기서 조작 절차는 '푸른색 리트머스 용지와 접촉함'이고 그 결과는 '푸른색 리트머스 용지가 붉은색으로 변함'이다. 우리는 직접 관찰을 통해 그 절차와 결과를 모두 경험할 수 있다. 조작적 정의는 재현 가능한 실험 절차와 그로부터 측정되는 결과를 정의항으로 제시함으로써 이론용어의 의미를 경험적 수준에서 명료화시키는 정의이다.

아쉽게도 모든 학문의 용어를 조작적으로 정의할 수는 없다. 특히 인간의 삶을 다루는 인문학의 용어에 대해서는 조작적 정의가 도움이 되지 않는다. 앞서 사랑 개념에서 본 것처럼 어떤 조작적 정의를 내놓더라도 그것의 의미를 온전히 담을 수 없기 때문이다. 인간의 마음을 겉으로 드러난 행동으로 온전히 드러내고자 했던 행동주의가 실패하고, 인간의 삶에 대한 자연과학적 탐구가 한계에 봉착하는 것이 바로 이 때문이다.

1. 가리키는 대상의 범위가 큰 것부터 작은 것까지 차례대로 보기의 순서를 매겨 보자.

수정은

1) 오후 내내 자기 방에서 혼자 놀았다.

2) 자기 방에서 스마트폰을 만지다가 오후를 다 보냈다.

3) 오후 내내 집에 있었다.

4) 자기 방에서 웹툰을 보다가 오후를 다 보냈다.

5) 자기 방에서 오후를 다 보냈다.

2. 다음 대화에서 모호한 표현을 찾고, 어떻게 모호한지 설명해 보자.

1) 또 밤새 게임했구나. 너는 왜 그렇게 네 삶을 허비하고 있니? / 허비하고 있다니요? 큰 일 끝내고 오랜만에 며칠 게임 한 건데 그게 그렇게 보이세요?

2) 불 좀 켜. 방을 왜 그렇게 어둡게 해 놓고 지내니? / 나는 별로 어둡지 않은데?

3) 오늘 공부 너무 많이 했어. 당분 보충이 시급해. / 몇 시간 했다고 벌써 먹을 것 타령이야?

4) 네 부인에게 그렇게 일일이 물어봐야 해? 너 스스로 판단해서 결정해. / 알았어. 내 스스로 판단해서 결정할게. 그런데 내가 판단하건대 아무래도 내 아내에게 물어봐야겠어.

2. 애매한 표현 명료하게 하기

다음으로 표현이 애매한 경우를 살펴보자. 수정이 산 전기차를 두고 A와 B가 대화를 나누고 있다.

> A: 수정이 마침내 새 차를 샀어. 요즘 그는 전기차 몰고 다녀.
>
> B: 아니야. 수정이 산 차는 새 차가 아니야. 그 전기차는 3년이나 된 거야.

여기서 A와 B의 의견 차이는 '새 차'를 서로 다른 의미로 사용한 데서 비롯한다. 이 낱말을 A는 '새로 구입한 차'라는 뜻으로 사용하는 반면, B는 '공장에서 갓 나온 차'라는 뜻으로 사용한다. 이처럼 한 표현이 다의적이어서 여러 뜻(내포)으로 해석될 수 있을 때 그 표현을 '애매하다(ambiguous)'고 한다. 두 가지 이상으로 해석될 수 있다면 문장도 애매할 수 있다.

우리가 사용하는 일반 명사는 분배적으로도, 집합적으로도 사용될 수 있다. "사람은 모두 죽는다."에서 '사람'은 각각의 사람을 가리키므로 분배적으로, "사람은 생물학적으로 보면 한마디로 비정상적인 종이다."에서 '사람'은 종 전체를 가리키므로 집합적으로 사용되었다. 표현의 이런 애매성이 우리를 잘못된 논증으로 이끌기도 한다.

사고는 빈번히 일어난다. 벼락을 맞는 것도 사고다. 따라서 벼락 맞는 것도 빈번히 일어난다.

인간은 모두 눈앞의 자기 이익에만 골몰하는 이기심 덩어리라서 먼 미래를 준비할 능력이 없다. 그러니 인간은 자멸할 것이다.

함께하기

1. 위 두 논증에서 같은 방식으로 애매하게 사용되고 있는 표현이 무엇인지 각각 찾아보자.

2. 다음에서 애매한 표현을 찾아 어떻게 애매한지 설명해 보자.

1) 이것은 할아버지 그림이다.

2) 눈에 눈이 들어가서 눈물이 난다.

3) 저녁 고맙습니다. 감자를 그렇게 요리한 것은 처음 봤어요.

4) 전 남친과 만나서 얼마나 즐거웠냐고? 그걸 어떻게 말해.

5) 왜 자꾸 날 아저씨라 불러? 나 결혼도 안 했어. / 에이~ 군대 갔다
   왔으면 아저씨죠.

애매한 경우는 감지하기만 하면 같은 표현이 어떻게 다른 의미로 쓰이고 있는지 맥락을 통해 정리하고 비교하는 것이 어렵지 않을 것이다. 애매성을 해소하기 위해 우리가 활용할 수 있는 대표적인 정의의 방법으로는 일찍이 고대 그리스의 아리스토텔레스가 제안한 '유와

5장 논증 명료하게 하기

종차에 의한 정의'를 들 수 있다. 이 정의는 말 그대로 정의되는 종을 포섭하는 바로 상위의 개념인 '유개념'과 그 유개념 안의 다른 종들과 차별화되는 그 종만의 특징인 '종차'를 제시함으로써 완성된다.

> 인간은 이성적 동물이다.

이 정의에서는 '동물'이 유개념으로, '이성적임'이 종차로 사용되고 있다. 이런 정의로 애매한 표현의 두 가지 의미를 분명히 드러내고 나면 어떤 경우에는 그것으로 문제가 쉽게 해결되기도 한다.

> 최근의 연구를 보면, 미남이나 미녀는 다른 게 아니라 평균 남이나 평균 여를 의미할 뿐이다. 얼굴 사진에 매력도를 매기도록 했을 때 개인의 얼굴이 가장 낮은 점수를 받고 합성 횟수가 많아질수록 점수가 높았기 때문이다. 그러니까 용기를 내라! 미인은 온갖 얼굴 모양의 중간치일 뿐이다. 예쁘게 보이기 위해 당신은 비범할 필요가 없다. 당신은 평균이기만 하면 된다.

이 논증은 예쁘게 보이기 위해 비범할 필요가 없다고 주장하면서 그 근거로 그러기 위해 평균이기만 하면 된다고 말하고 있다. 하지만 우리는 이 논증을 바로 반박할 수 있다. 이 논증이 성립하기 위해 가정된 '비범'의 의미가 우리가 통상 생각하는 의미와 다르다는 점만 지적하면 되기 때문이다. '비범'의 통상적인 의미는 '보통 수준보다 뛰어난 상태'로 정의될 수 있는데, 이 논증에서는 비범을 '평균치에서

벗어난 상태'로 정의하고 있다. 전자는 후자를 함축하지만 후자는 전
자를 함축하지 않는다.

애매한 표현의 여러 의미가 밝혀져도 그것으로 논란이 끝나지 않는
경우도 많다. 양쪽 모두 자신이 생각하는 의미가 더 올바르고 정확하
다고 계속 주장할 수 있기 때문이다. 사실 서로 의견이 팽팽하게 유지
되는 많은 논쟁의 경우 주제와 관련된 핵심어의 올바른 의미를 둘러
싼 이견으로 귀결되는 경우가 허다하다. 이럴 경우, 동일한 개념에 대
한 양쪽의 정의 중 어느 쪽이 더 나은지 평가해야 한다.

함께하기

**다음 논쟁에서 애매한 표현의 의미가 밝혀지면 논란이 끝나게 될지, 의
미가 밝혀져도 그 의미를 두고 논란이 계속될지 논의해 보자.**

1) A: 대학 졸업자의 평균 지능은 신입생 평균보다 높은 게 분명해. 대
학을 입학하는 데보다 졸업하는 데 더 높은 지능이 필요하니까.

B: 아니야. 졸업자라고 해서 더 높아질 게 없어. 대졸자도 한때는
신입생이었고, 사람의 지능이란 해마다 달라지는 게 아니니까.

2) A: 그는 정말 자유로운 상태에서 그렇게 행동했습니다. 그에게는
어떤 압력이나 위협, 유혹도 없었습니다. 무력이 행사되었다는
흔적도 없습니다. 중요한 것은 그가 스스로 원해서 그것을 했다
는 것입니다. 이걸로 충분하지 않나요?

B: 아니요, 그에게는 그렇게 행동할 자유가 없습니다. 그가 한 모
든 것은 그의 유전인자와 환경과 피할 수 없는 자연법칙에 의해

결정된 것입니다. 그가 무언가를 스스로 원하고, 또 마음을 먹는 것도 예외가 아닙니다. 그가 그 행위를 할 때, 자연의 인과법칙에서 벗어나 오로지 그에서 비롯된 것이 뭐가 있습니까?

평가의 기준으로 우리는 유와 종차에 의한 정의의 규칙을 적용해 볼 수 있다. 특히 세 번째 규칙인 너무 넓거나 너무 좁지는 않은지를 양쪽 정의에 대해 물어볼 수 있다. 한 개념에 대한 정의가 너무 넓다는 것은 그 정의를 따르면 그 개념에 해당하지 않는 것까지 포함하게 된다는 것을 뜻하고, 너무 좁다는 것은 그 정의를 따르면 그 개념에 포함되어야 할 것을 배제하게 된다는 것을 뜻한다.

유와 종차에 의한 정의의 규칙

1) 본질적 속성을 기술해야 한다.
2) 순환적이어서는 안 된다.
3) 너무 넓어서도, 너무 좁아서도 안 된다.
4) 애매하거나 불분명하거나 비유적인 말로 표현해서는 안 된다.
5) 긍정적인 정의가 가능한데 부정적인 정의를 해서는 안 된다.

함께하기

인간에 대한 아래 정의는 한편으로는 너무 넓고, 또 한편으로는 너무 좁다. 어떤 측면에서 너무 넓고, 너무 좁은지를 지적하고, 인간에 대해 더 좋은 유와 종차에 의한 정의를 제안해 보자.

"인간은 깃털이 없고, 두 발로 걷고, 발톱이 넓은 동물이다."

A와 B의 다음 논쟁을 보자.

A: 강물의 흐름을 바꾸면 언제나 강물을 빼앗기는 지역의 반대와 저항이 뒤따르기 마련이다. 원유나 철광석이 천연자원이듯이 물도 똑같은 의미의 천연자원이다. 사우디아라비아가 원유를, 러시아가 철광석을 다른 나라에 그냥 내주겠는가? 왜 물은 다를 거라 생각하는가? 자신들의 천연자원을 빼앗는 것을 가만히 보고 있을까? 다른 지역이 물 부족으로 개발이 안 된다면 그것도 어쩔 수 없는 일이다.

B: 물은 자연이 준 선물이기는 하지만 우리 인간이 살아가기 위해 매일 매일 필요한 것일 뿐만 아니라 국가의 경계 없이 전 지구를 순환하는 물질이다. 이런 사물은 천연으로 존재하지만 자원은 아니다.

A는 물도 원유나 철광석 같은 천연자원이고, 그러한 천연자원은 아무 대가 없이 요구할 수 있는 것이 아니라는 것을 전제로, 물도 아무 대가 없이 요구해서는 안 된다고 결론 내리고 있다. 반면 B는 물이 천연자원임을 부정하고 있다. 논쟁의 관건은 물이 천연자원이냐에 있으므로 논의의 초점은 '천연자원'에 대한 정의로 귀결된다. A는 '천연자원'을 '인간 생활 및 경제 생산에 이용되는 원료로서 자연적으로 주어진 것'이라고 정의하는 반면 B는 "그렇지만 인간이 매일 생존하는 데 필수적이거나 국가 간 경계 없이 존재하는 것은 제외한다."고 덧붙이고 있다. 어느 정의가 더 적절할까?

천연자원에 대한 A와 B의 정의 각각에 대해 아래 사실을 참조하여 그것이 너무 좁거나 넓지는 않은지 평가하고 서로 토론해 보자. 그리고 어느 쪽 정의가 더 옳다고 생각하는지 논의해 보자.

- 원유는 땅속에서 국가 간 경계 없이 묻혀 있다.
- 자원에는 물고기 같은 어족자원도 있다.
- 공기 역시 우리 인간이 살아가기 위해 매 순간 필요하다.

'공평한 세금'에 대해 아래 글은 어떤 정의를 비판하고 대안으로 어떤 정의를 내놓고 있는지 알아보자.

현재 자동차 운전자는 도로를 얼마나 많이 이용하든 누구나 같은 금액의 도로세를 내고 있다. 이는 확실히 불공평하다. 도로세가 정당한 까닭은 그렇게 함으로써 도로 체계를 개선하거나 오염을 줄이는 데 사용할 정부의 수입이 마련된다는 데 있다. 그렇다면 도로세 대신 유류에 세금을 매길 수도 있지 않은가. 이 방안은 세수를 늘리는 더 좋은 방안일 뿐만 아니라 훨씬 더 공평한 세금 제도이기도 하다.

소크라테스의 다음 글을 읽고, 아낙사고라스가 생각하는 '존재의 원인'과 소크라테스가 생각하는 '존재의 원인'이 어떻게 다른지 정리하고, 어느 쪽 의미가 더 옳은지 토론해 보자.

나는 아낙사고라스에게서 내가 바라고 있던 존재의 원인을 가르치는 스승을 찾았다고 생각하고 기뻐했네. 나는 그가 먼저 지구가 평면인지 구인지를 가르쳐 주고, 다음으로 어느 쪽이든 간에 이와 같이 되는 원인과 그렇게 될 수밖에 없는 까닭을 설명해 주며, 마지막으로 가장 좋은 것의 본성을 가르쳐 주면서 이것이 바로 가장 좋은 것임을 보여 주리라고 생각했네. (…) 그런데 나는 얼마나 비참한 실망을 맛보았던가! 그의 책들을 읽어 나가면서 나는 이 철학자가 정신이나 기타의 다른 질서의 원리들을 전적으로 포기하고 오히려 공기, 에테르, 물 그리고 그 밖의 기묘한 것에 의존하고 있다는 것을 알게 되었네. 내가 여기에 앉아 있는 것은 내 육체가 뼈와 근육으로 되어 있기 때문이라고 주장하는 사람과 다를 바 없네. 그는 이렇게 말할 걸세. "뼈는 단단하고 뼈와 뼈를 갈라 놓는 관절이 있으며, 근육은 탄력성이 있는데 이 근육이 뼈를 감싸고 있으며, 살과 피부도 근육과 함께 뼈를 감싸고 있다. 그리고 근육의 수축 또는 이완으로 뼈가 관절이 있는 곳에서 쳐들어지면 나는 나의 수족을 구부릴 수 있으며, 그래서 나는 비스듬한 자세로 지금 여기에 앉아 있는 것이다."

　　그리고 그는 내가 지금 자네에게 이야기하고 있는 것마저도 동일한 방식으로 설명할 걸세. 음성이나 공기나 청각 등 같은 종류의 무수한 원인을 들 걸세. 참된 원인을 말하는 것은 잊어버리고 말일세. 내가 감옥에 갇혀 이렇게 이야기하는 참된 원인은 아테네 사람들이 나에게 유죄 판결을 내리는 것이 마땅하다고 생각했고, 또한 나도 여기에 남아서 판결에 복종하는 것이 더 좋고 더 올바르다고 생각한 것 바로 그것이 아니겠는가.

— 플라톤, 『파이돈』

6장

텍스트 분석 및
논증적 재구성

고전의 반열에 오르는 책들은 세계와 삶에 대해 새로운 시각을 열어 주는 텍스트들이다. 따라서 저자 자신의 새로운 의견(주장, 결론)과 이를 뒷받침할 근거(이유, 전제)를 연역논증과 귀납논증을 활용해 펼쳐 보이는 글이라 할 수 있다. 그러므로 이러한 텍스트를 읽으면서 우리가 제일 먼저 확인해야 할 것도 바로 의견, 근거, 그리고 그들 간의 연역적, 귀납적 관계이다. 물론 이들 관계를 정확히 파악하고 재구성하기 위해서는 그 텍스트만 들여다볼 것이 아니라 그 텍스트의 앞뒤, 안팎의 맥락도 함께 살펴보아야 한다.

1. 텍스트 분석의 절차

텍스트를 분석하는 절차는 다음과 같다.

텍스트 분석의 절차
(1) 결론과 전제, 숨은 전제를 찾는다.
(2) 글의 앞뒤, 안팎의 맥락을 짚어 본다.
(3) 점검한 맥락에 맞게 결론, 전제, 숨은 전제의 의미를 정확히 표현한다.

이제 "인간은 생각하는 갈대"라는 유명한 구절이 나오는 파스칼의 다음 텍스트를 분석해 보자.

> 인간은 한 개의 갈대에 지나지 않는다. 자연 중에서 가장 약한 갈대이다. 그러나 인간은 생각하는 갈대이다. 그를 부수기 위해서는 온 우주가 무장하지 않아도 된다. 한 줄기 증기, 한 방울의 물을 가지고도 그를 충분히 죽일 수 있다. 그러나 우주가 쉽게 그를 부술 수 있다고 해도 인간은 자기를 죽이는 자보다 존귀할 것이다. 인간은 자기가 반드시 죽어야 한다는 사실과 우주가 자기보다 힘이 세다는 사실을 알고 있지만 우주는 그것을 전혀 모르고 있기 때문이다. 그러므로 우리의 모든 존엄성은 사고에 있다.
>
> — 파스칼, 『팡세』, 347번

2. 결론과 전제, 그리고 숨은 전제 찾기

1) 텍스트에 나타난 결론과 전제 찾기

제일 먼저 이 글에서 결국 말하고자 하는 최종 결론을 찾아보자. 마지막 문장에 있는 결론 알림 표현 '그러므로'를 통해 우리는 이 문장이 결론임을 알 수 있다.

> **결론**: 인간의 모든 존엄성은 사고에 있다.

이제 우리는 이렇게 물어야 한다. 왜 파스칼은 인간의 모든 존엄성은 사고에 있다고 생각했을까? 이 글에 따르면 그 이유는 인간은 다른 존재와 달리 자기가 반드시 죽어야 한다는 사실과 우주가 자기보다 힘이 세다는 것을 알고 있기 때문이다. 따라서 우리는 일차적 근거로 다음을 들 수 있다.

> **전제**: 인간은 다른 존재와 달리 자기가 반드시 죽어야 한다는 사실과 우주가 자기보다 힘이 세다는 것을 알고 있다.

이로써 이 텍스트의 결론과 전제가 모두 분석된 것일까? 그렇지 않다. 우리는 앞의 결론을 좀 더 면밀하게 살펴보아야 한다. 이 텍스트의 결론은 "인간의 존엄성은 사고에 있다."가 아니라 "인간의 모든 존엄성은 사고에 있다."이다. '모든'이 포함됨으로써 인간의 존엄성은 오직 인간의 사고에만 있고 다른 곳에는 없다는 말이 된다. 따라서 결론은 다음 두 주장을 다 포함하고 있다.

> 인간의 사고에서는 존엄성을 찾을 수 있다.
>
> 사고 능력을 제외하면 인간에게서는 존엄성을 찾을 수 없다.

인간의 사고에서는 존엄성을 찾을 수 있다는 첫째 주장의 근거는 위에서 밝힌 '전제'에서 확인할 수 있다. 그렇다면 사고 능력을 제외하면 인간은 존엄하다고 볼 수 없는 근거는 어디에 있을까? 이 글이 왜 "인간은 한 개의 갈대에 지나지 않는다."라고 시작했는지 이제 이해가 된다. 사고 능력을 빼고 나면 인간은 자연 중에서 가장 약한 갈대에 지나지 않으며, 따라서 그런 인간에게서는 존엄성을 찾을 수 없다고 파스칼은 말하려 했던 것이다. 그런데 인간을 자연 중에서도 가장 약한 갈대라고 하는 것은 너무 심한 주장이 아닐까? 이런 반문에 대비해 파스칼은 그 근거로 인간은 한 줄기 증기, 한 방울의 물을 가지고도 충분히 죽일 수 있는 존재임을 밝히고 있다.

2) 숨은 전제 찾아 논증 완성하기

텍스트에 나타난 결론과 전제, 그리고 그 전제의 전제까지 모두 찾았으니 이제 이 전제들로부터 결론이 따라 나오기 위해 가정되고 있는 숨은 전제들을 찾아야 할 때이다. 우선 인간의 사고에서는 존엄성을 찾을 수 있다는 주장부터 보자. 이 주장과 그 전제는 다음과 같다.

> **전제**: 인간은 자신이 죽는다는 것과 우주가 자기보다 힘이 세다는 것을 안다.
>
> ---
>
> **결론**: 인간의 사고에서는 존엄성을 찾을 수 있다.

이 전제로부터 이 결론이 도출되기 위해서는, 첫째, 자신이 죽는다는 것과 우주가 자기보다 힘이 세다는 것을 아는 것은 존엄한 능력이며, 둘째, 이 능력은 사고 능력의 일종이라는 것이 가정되어야 한다. 이 논증은 다음 두 전제를 숨기고 있다.

> **전제**: 인간은 자신이 죽는다는 것과 우주가 자기보다 힘이 세다는 것을 안다.
>
> **숨은 전제 1**: 이러한 앎은 존엄한 능력이다.
>
> **숨은 전제 2**: 이 능력은 사고 능력의 일종이다.
>
> ---
>
> **결론**: 인간의 사고에서는 존엄성을 찾을 수 있다.

이제 다음으로 사고 능력을 제외하면 인간에게서는 존엄성을 찾을 수 없다는 주장과 그 근거 사이에 숨겨진 전제를 찾아보자.

> **전제**: 사고 능력을 제외하면 인간은 자연 중 가장 약한 갈대에 지나지 않는다.
>
> ---
>
> **결론**: 사고 능력을 제외하면 인간에게서는 존엄성을 찾을 수 없다.

이 논증에서 전제가 결론을 뒷받침하는 것처럼 보이는 까닭은, 자연 중 가장 약한 갈대에 지나지 않은 것은 존엄하지 않다고 우리가 알게 모르게 가정하고 있기 때문이다. 이 숨은 전제까지 포함한 논증은 다음과 같다.

> **전제**: 사고 능력을 제외하면 인간은 자연 중 가장 약한 갈대에 지나지 않는다.
>
> **숨은 전제 3**: 자연 중 가장 약한 갈대에 지나지 않는 것은 존엄하지 않다.
>
> ---
>
> **결론**: 사고 능력을 제외하면 인간에게서는 존엄성을 찾을 수 없다.

파스칼의 논증이 성립하기 위해서는 다음 두 명제를 가정해야 한다고 우리는 이제 지적할 수 있게 되었다.

> 자신이 죽는다는 것과 우주가 자기보다 힘이 세다는 것을 아는 것은 존엄한 능력이다.
>
> 자연 중 가장 약한 갈대에 지나지 않는 것은 존엄하지 않다.

이 두 숨은 전제는 과연 받아들일 수 있는 것일까? 이는 다음 단원에서 텍스트를 평가하면서 자세히 살펴보도록 하자.

3. 글의 앞뒤, 안팎의 맥락을 짚어 보기

지금까지 분석한 내용만 보면 파스칼의 글은 인간이 지닌 생각하는 능력을 강조하기 위해 쓰인 것 같다. 인간이 갈대처럼 약한 존재임에도 불구하고 다른 존재들보다 존귀한 이유는 인간이 사고하는 존재이기 때문이므로 무엇보다도 이 사유의 힘을 개발하고 키우는 데 힘써야 한다고 말하는 것 같다.

그런데 이것이 파스칼이 말하고자 하는 전부일까? 그렇게 보기에는 파스칼의 주장이 너무 평범하다. 파스칼에 주목하게 할 그만의 어떤 고유한 생각도 찾아볼 수가 없다. 좀 더 상세한 내막을 알기 위해 이 글이 씌어진 앞뒤, 안팎의 맥락을 살펴보자.

글의 앞, 뒤, 안, 밖

그림에서 '앞'과 '뒤'가 '밖'과 '안'을 감싸고 있는 것에 유념해 주기 바란다. 저자를 중심으로 저자와 가까운 맥락은 가깝게, 먼 맥락은 멀리 배치한 것을 볼 수 있을 것이다. 글의 네 가지 맥락 가운데 저자에게 가장 가까운 것은 흔히 작가의 머릿속에 있다고 말하는 저자의 관점과 시각('안')이며, 그다음 가까이 있는 것은 저자가 당면한 눈앞의 문제, 즉 저자가 글을 쓰게끔 스스로 또는 누군가가 던진 질문('밖')이다. 이런 점에서 안과 밖은 저자의 피부와 맞닿아 있는, 미시적인 맥락을 의미한다. 이 안과 밖을 앞과 뒤가 감싸고 있는데, '앞'은 저자의 삶과 사유의 배경을 이루면서 동시에 그가 대결해야 하는 역사적, 사회적 환경을, '뒤'는 저자의 글이 가지게 될 다양한 함축을 가리킨다. 이 둘은 저자의 글을 둘러싸는 장기적이고 거시적인 전후의 맥락을 이룬다. 안팎과 앞뒤는 다른 한편으로 글을 쓴 저자의 공간적 맥락과 시간적 맥락으로 이해할 수도 있겠다. 맥락으로 시야를 넓히기 위해서는 관련된 자료를 추가로 찾고, 읽고, 연관시키는 것이 필요하다. 이제 파스칼 텍스트의 앞-밖-안-뒤의 맥락을 자세히 짚어 보자.

1) 앞: 역사적, 사회적 배경

파스칼(1623~1662)이 살았던 시대를 조사하다 보면 우리는 그보다 한 세대 앞선 유명한 철학자이자 수학자인 데카르트(1596~1650)를 만나게 된다. 데카르트 하면 "나는 생각한다. 그러므로 나는 존재한다."라는 말이 먼저 떠오를 것이다. 데카르트는 근대 철학의 아버지다. 이 말은 곧 근대 철학의 사상적 기초가 데카르트에 의해 처음으로 확립되었다는 뜻이다.

데카르트는 우리가 이성 능력을 올바로 발휘하기만 하면 이 세상의 모든 진리를 다 발견할 수 있다고 역설하며 인간 자신이 가진 사유, 그중에서도 특히 이성적 사유의 힘을 믿으라고 촉구한다. 지금 우리 시각에서 보면 이런 주장이 그리 놀랍지 않을 것이다. 하지만 데카르트가 살았던 당시에 이 주장은 상당히 위험한 것이었다. 왜냐하면 이제 인간은 더 이상 신에게 의존하지 않고서도 올바른 길, 참된 길을 찾아갈 수 있다고 선포하는 것이었기 때문이다. 말하자면 그는 신에 의지해야만 결국 찾을 수 있다던 진리의 길을 인간 스스로, 자신의 이성의 힘으로 찾을 수 있다고 한 것이다.

파스칼은 데카르트의 이러한 생각이 당시 지식인 사회에서 두루 공감을 얻던 시기에 태어났다. 파스칼 역시 데카르트와 마찬가지로 위대한 수학자이자 철학자였다. 하지만 파스칼에 대한 정보를 조금만 찾아보면 그는 인간 사고의 힘에 관해 데카르트와 약간 다른 생각을 가졌다는 것을 알 수 있다. 독실한 기독교인이었던 파스칼은 인간 이성의 위대함을 잘 알고 있었지만, 그에 못지않게 유한함도 잘 알고 있었다. 그는 이성의 힘을 과신하는 데카르트를 못마땅하게 생각했다. 데카르트의 그러한 태도는 결국 신을 무기력한 존재로 만드는 불경에 이른다고 보았기 때문이다. 인간 자신이 가진 사유의 힘으로 모든 진리를 드러낼 수 있다면 신은 더 이상 우리에게 필요하지 않다.

2) 밖: 당면 문제

파스칼의 글은 인간 사유의 위대함을 피력하고 있다. 이는 곧 그것을 부정하는 흐름이나 분위기가 파스칼이 당면했던 문제 상황이라는 뜻이 된다. 그렇게 보면 이런 의문이 든다. 인간 사유의 위대함을 부정하는 사람이 과연 당시에 있었을까? 인간의 모든 존엄성이 사유에 있다는 말은 사실 너무도 당연해서 아무도 의심하지 않는 것 아닌가? 사실 인간 사유의 위대함은 이미 데카르트가 강조해 마지않던 것이 아닌가?

데카르트와 대결하는 인물로 놓고 파스칼의 글을 다시 읽어 보면 "인간은 자기가 반드시 죽어야 한다는 사실과 우주가 자기보다 힘이 세다는 사실을 알고 있다."라는 문장을 다르게 읽을 수 있음을 깨닫게 된다. 처음 우리가 이 부분을 읽을 때에는 '알고 있다'는 것에 초점을 두었다. 하지만 파스칼이 강조하고 싶었던 것은 단순히 안다는 것이 아니라 '인간이 죽을 수밖에 없다는 것', '자기보다 힘센 존재가 있다는 것'을 안다는 것이다. 이 둘의 공통점은 '인간은 유한한 존재'라는 것이다.

파스칼이 하고 싶었던 말은, 인간은 생각하는 능력 때문에 위대하지만 생각하는 능력 중에서도 자신의 유한성을 아는 능력 때문에 더욱 위대하다는 것이다. 자신의 유한성을 깨닫는 것이 그토록 중요한 이유는, 그럴 때만 인간은 비로소 신의 존재를 깨닫고, 신을 찾고, 신에게 자신을 의탁하기 때문이다. 이제 파스칼이 당면했던 문제가 무엇인지 분명해졌다. 그는 인간의 위대함을 이성 능력에서 찾으면서 신을 내팽개쳤던 데카르트를 비롯한 당시 지식인들의 분위기를 문제 삼았던 것이다.

3) 안: 관점과 시각

파스칼의 관점은 배경과 당면 문제에 대한 설명으로부터 이제 분명하게 드러난다. 독실한 기독교인으로서 그는 "위대함과 비천함의 중간자"로서 인간을 바라보아야 한다는 생각을 가지고 그 글을 썼음을 알 수 있다.

4) 뒤: 글의 함축

파스칼의 말이 맞는다면 뒤따를 귀결은 다양한 맥락에서 다양하게 이야기될 수 있다. 파스칼 자신이 노린 것은 신의 자리를 다시 찾아 주는 것이었을 것이다. 하지만 독자는 파스칼 자신이 생각지 못한 귀결들도 이 글에서 이끌어 낼 수 있다. 이를테면, 만약 파스칼의 말이 맞다면 인간 이성의 대표적 성과라고 할 수 있는 과학적 탐구도 이 세계의 모든 진리를 밝히는 데는 근본적인 한계가 있다고 생각해야 할 것이다.

4. 맥락에 맞게 결론, 전제, 숨은 전제의 의미를 정확하게 표현하기

파스칼의 텍스트와 관련된 앞뒤, 안팎의 맥락을 점검하면서 우리는 파스칼이 사상적으로 대결하고자 했던 사람이 데카르트였으며, 이성적 사유 능력에 무한한 신뢰를 보냈던 데카르트의 인간관에 의구심을 드러내고 있었음을 알게 되었다. 파스칼에 따르면 인간의 이성 능력이 위대한 것은 이성이 세계의 모든 진리를 드러낼 수 있기 때문이 아니다. 그런 까닭은 오히려 오로지 이성만이 인간 자신의 유한성을 자각할 수 있게 하며, 이성만이 신이 존재함을 알도록 해 주기 때문이다. 결론적으로 인간의 존엄성이 인간의 사고 능력에 있다고 할 때 파스칼이 겨냥한 그 능력의 핵심은 바로 자신의 유한성을 자각하는 능력이다.

'자신이 죽는다는 것과 우주가 자기보다 힘이 세다는 것을 아는 것은 존엄한 능력'이라는 숨은 전제 1에서 우리가 강조해서 읽어야 할 것은 '안다'는 것이 아니라 '자신의 유한성을 안다'는 것이다.

함께하기

다음 글을 읽고 아래 활동을 해 보자.

1) 다음 글의 결론과 전제, 숨은 전제를 찾아 논증 형태로 재구성해 보자.

2) 다음 글의 앞뒤, 안팎의 맥락을 조사해서 정리해 보자.

내 아이만 생각하고, 그 아이가 가장 행복하게 잘 살아가기를 바란다면 그 아이가 얼마만큼의 도덕성을 갖게끔 가르쳐야 할까? 물론 나는 그 아이의 미래를 예측할 수도 없고, 또 내가 죽고 나서 어떤 가혹한 세파에 시달리게 될지도 알 수 없다.

항상 주위를 살펴서 자신에게 이득이 될 것 같고 또 안 들키고 잘 해낼 것 같기도 하면 비도덕적인 일도 서슴없이 한다는 원칙을 그에게 주입해야 할까? 이것은 분명 그 아이를 위하는 것이 아니다. 이런 유형의 성공한 비도덕적 이기주의자가 되기 위해서는 가장 뛰어난 몇몇 사람들만 겨우 갖출 수 있는 너무도 엄청난 능력들이 요구된다. 과도할 정도로 성인 군자다움을 요구하는 규칙들을 무리 없이 수용하려면 신처럼 되어야 하는 것과 같이, 극단적 범죄성을 요구하는 원칙들을 무리 없이 수용하려면 악마와 같이 유별나게 사악해야만 한다. 여기서 말하는 극단적 범죄성이란 '어떤 양심의 가책도 없이 항상 하고 싶은 대로 하는 것'을 말하는데, 다행히도 사람들에게는 이런 부정적 덕목이 부족하다. 더구나 인류는 범죄가 남는 장사가 못 되게끔 사회를 만들고 다듬어온 오랜 역사를 가지고 있다.

그렇다면 아이보고 대부분은 사회적 관습에 따르다가 감시에서 벗어나거나 최소한 벌을 피할 수 있으면 그것을 어기라고 교육시키면 되지 않을까? 이 질문에는 이렇게 답하고 싶다. 똑바르게 사는 척하는 방법 중 최선은 뭐니 뭐니 해도 그냥 똑바르게 사는 것이다. 성공적인 범죄란 거의 모든 이들에게 불가능할 정도로 어렵고, 해 볼 가치가 없음을 우리는 앞에서 보았다. 물론 이미 적지 않은 사람들이 결백과는 거리가 먼 사업에서 상당한 부를 축적하고 있는 것도 사실이다. 하지만 전체적으로 보면 그런 식으로 벌어들인 돈이 그들에게 행복을 가져다주지 못했으며, 또 그만한 능력으로 돈은 적지만 사회적으로 더 건전한 직업을 택했으면 더욱 행복해졌을 것임을 간과해서는 안 된다. 설령 예외가 존재하더라도 그것은 너무도 드물어서 교육자로서는 기대할 바가 못 되는 것들이다.

사실 그냥 똑바르게 산다는 것은 단순히 그렇게 살겠다는 방침을 갖는 것을 넘어서 그렇게 살아가는 성향을 지니는 것을 뜻한다. 성향을 지닌다는 말은 그렇게 살아가는 것에 기분이 좋아지고, 안 그런 것에 기분이 나빠지는 감정까지도 갖는다는 뜻이다. 이런 상태에서 확보되는 상호 협조와 애정이 아이에게 없다면 진실로 우리가 아이의 인생에서 기대하는 즐거움, 따뜻함, 행복은 물거품이 되고 말 것이다. 인간 형제를 사랑하지 않는 사람은 그들과 함께 행복한 삶을 영위할 가능성도 그만큼 적다.

　　그런데 똑바르지 않은 행위에 기분 나쁜 감정까지 갖는다면 그런 반감은 살아가면서 크고 작은 잘못을 저지르게 되는 자신에 대한 극심한 자기 증오로 귀결되지는 않을까? 그렇다고 자기 증오의 부작용만 제거하려 하다 보면 똑바르지 않은 행위에 대한 반감의 정도도 무뎌질 위험이 있다. 그렇다면 균형 감각이 중요한데, 내 생각엔 일상적인 사태들에서 지키기에는 충분하지만 노이로제에 걸릴 정도는 아닐 만큼의 반감을 동반하도록 하는 것이 최선이 아닐까 한다. 우리 아이들이 한두 시간 동안 씻지 않았다고 가책을 느끼게 만들고 싶지는 않다.

— R. M. 헤어, 『도덕사유』

7장

텍스트의
비판적 평가

텍스트 분석을 통해 결론과 전제, 숨은 전제를 찾고, 더 나아가 앞 뒤, 안팎의 맥락을 점검한 것은 텍스트를 저자의 견지에서 최대한 폭 넓고 정확하게 이해하기 위한 것이었다. 이 작업을 마무리했다면 이 제는 이렇게 이해된 텍스트를 냉철한 시각으로 평가할 차례이다. 텍 스트 평가는 단순히 주어진 텍스트의 약점을 잡아서 흠집 내려는 것 이 아님을 우선 명심하자. 문제가 될 만한 것에 우리가 관심을 집중하 는 까닭은 해당 주제와 관련하여 고려해야 할 다른 요소들, 미처 생각 하지 못한 측면이나 부작용 등을 사전에 검토하게 할 뿐만 아니라, 더 나아가 그 과정에서 새로운 아이디어나 더 나은 대안까지도 길어 올 리는 창조적 발명의 계기가 될 수 있기 때문이다.

7장 텍스트의 비판적 평가

1. 텍스트 평가의 절차

누군가가 어떤 의견을 주장하면서 나름의 근거를 성실히 제시하고 있다면, 단순히 마음에 들지 않는다거나 내가 아는 것과 다르다는 말로 그 의견을 반박할 수는 없다. 이런 식의 대응은 나와 견해가 다른 주장에 대한 일방적인 감정 표출에 지나지 않는다. 그 의견의 문제점을 합리적으로 지적하려면 그의 주장에 승복하기에는 그가 제시한 근거가 어떤 점에서 충분하지 않은지를 보여 주어야 한다. 텍스트에 대한 평가도 마찬가지의 과정으로 진행된다. 우리가 분석한 텍스트에 결론(의견)과 그 결론을 뒷받침하는 전제들(근거들)이 제시되어 있다면 그 텍스트에 대한 평가 역시 그 전제들로부터 그 결론이 충분히 도출되지 않는다는 것을 보일 수 있어야 한다.

텍스트 평가는 다음 두 단계로 진행된다.

텍스트 평가의 절차
(1) 전제 → 결론 도출 가능성 평가: 전제(들)로부터 결론이 따라 나오는가?
(2) 전제의 수용가능성 평가: 전제 및 숨은 전제로 주어진 것들은 받아들일 만한가?

2. 전제 → 결론 도출 가능성 평가

전제로부터 결론이 따라 나오는지를 따지는 것은 전제들이 옳다면 결론도 반드시 옳게 되는지를 따지는 것이다. 전제들이 참임에도 불구하고 결론의 주장이 거짓이 될 수 있는 사례를 하나라도 보일 수 있다면 우리는 그 논증의 전제로부터 결론이 따라 나오지 않는다고 말할 수 있다. '전제 → 결론 도출 가능성'이 성립하지 않는다고 비판하는 작업은, 구체적으로 말해, 주어진 전제들이 참일 때 마찬가지로 똑같이 참이 될 수 있는 다른 주장, 그것도 그 결론과 동시에 성립할 수 없는 주장이 이러이러하게 있다고 알려주는 작업이다.

텍스트 분석에서 파스칼의 텍스트를 숨은 전제까지 포함하여 상세히 재구성해 놓았으니 텍스트 평가를 위한 준비 작업은 마친 셈이다. 먼저 아래 첫 번째 세부 논증부터 차례로 짚어 보자.

> 전제: 인간은 자신이 죽는다는 것과 우주가 자기보다 힘이 세다는 것을 안다.
>
> **숨은 전제 1: 자신의 유한성에 대한** 이러한 앎은 존엄한 능력이다.
>
> **숨은 전제 2:** 이 능력은 사고 능력의 일종이다.
>
> ---
>
> **결론:** 인간의 사고에서는 존엄성을 찾을 수 있다.

우리는 이 논증의 결론이 세 개의 전제로부터 '따라 나온다'고 평가할 수 있다. 왜냐하면 사실 이미 분석 과정에서 우리는 전제로부터 결론이 반드시 따라 나오도록 두 개의 숨은 전제를 만들어 첨가하였기 때문이다. 파스칼의 텍스트는 이 논증의 세 전제 중 첫 번째만 명시적으로 제시하고 있다. 이 전제로부터 결론이 반드시 도출되도록 두 숨은 전제를 추가한 것이므로 이 논증의 세 전제로부터 결론이 따라 나오는 데는 아무런 문제가 없다.

다음으로 다음 두 번째 세부 논증을 살펴보자.

전제: 사고 능력을 제외하면 인간은 자연 중 가장 약한 갈대에 지나지 않는다.

숨은 전제 3: 자연 중 가장 약한 갈대에 지나지 않는 것은 존엄하지 않다.

결론: 사고 능력을 제외하면 인간에게서는 존엄성을 찾을 수 없다.

결론부터 말하자면 여기서도 마찬가지로 자연 중 가장 약한 갈대에 지나지 않는 것은 존엄하지 않다는 숨은 전제가 추가되어 논증이 재구성된 이상, 두 전제가 결합하여 결론이 반드시 도출되는 것은 자명하다. 왜냐하면 이렇게 되도록 우리가 숨은 전제를 만들어 넣었기 때문이다.

텍스트 분석에서도 잠깐 언급했지만 파스칼은 인간이 왜 가장 약한 갈대에 지나지 않는지에 대해서도 근거를 제시하고 있다. 그 논증은 아래와 같다.

전제: 인간은 한 줄기 증기, 한 방울의 물로도 충분히 죽일 수 있다.

중간결론: 사고 능력을 제외하면 인간은 자연 중 가장 약한 갈대에 지나지 않는다.

이 논증의 결론은 위의 두 번째 세부 논증의 전제가 되기도 하므로 '중간결론'이라 부르겠다. 이 전제로부터 이 중간결론이 따라 나오는가? 한 줄기 증기와 한 방울의 물로도 죽을 수 있는 존재라면 그러한

인간은 가장 약한 갈대에 지나지 않는 존재라는 결론은 충분히 설득력이 있어 보인다. 하지만 비판적 사고를 훈련하는 이 마당에 이렇게 쉽게 넘어가서는 안 된다. 한 줄기 증기로도 쉽게 죽을 수 있다는 점, 그것 하나만으로 그러한 인간은 가장 약한 갈대와 같다고 할 수 있을까? 우리 인간에게 이처럼 취약한 부분이 있고 또 다른 강인한 동물과 비교할 때 신체적 측면에서는 내세울 것도 없지만 또 다른 한편으로는 여간해서는 죽지 않는 끈질긴 생명력을 지니고 있으며, 더구나 눈을 아래로 돌리면 인간보다 더 부실한 생명체도 부지기수로 있지 않은가? 그런 점에서 이 논증의 '전제 → 중간결론 도출' 과정은 문제가 있다고 볼 수 있지 않은가?

그런 비판은 '가장 약한 갈대'의 의미를 오해했기 때문이라고 파스칼이 해명할지도 모르겠다. 자신은 약한 갈대를 단지 '쉽게 부서져 사라지는 존재'라는 의미로 사용했을 뿐이라고 말이다. 그런 의미라면 이 논증의 전제 → 중간결론 도출 과정은 크게 문제가 없다고 인정할 수 있을 것이다. 그렇지만 그렇게 된 것은 다음 숨은 전제가 추가되기 때문이다.

숨은 전제 4: 약한 갈대란 쉽게 부서져 사라지는 존재를 의미한다.

이 전제가 추가되어 중간결론이 타당하게 되면 그 결론도 정확하게는 "사고 능력을 제외하면 인간은 무엇보다 쉽게 부서져 사라지는 존재에 지나지 않는다."라고 말하는 것이 된다.

이렇게 해서 텍스트에 내재된 세 가지 세부 논증들 각각의 '전제 →
결론 도출 가능성'을 평가해 보았다. 이 과정을 따라오면서 여러분들
은 하나의 공통된 패턴을 감지하였을 것이다. 숨은 전제를 적절히 첨
가해 주면 어떤 전제로부터도 결론이 반드시 따라 나오도록 논증을
재구성할 수 있다는 것을 말이다. 따라서 전제들로부터 결론이 도출
되는지를 평가할 때는 다음 길잡이에 따를 것을 권한다.

전제 → 결론 도출 가능성 평가의 길잡이

주어진 전제들로부터 결론이 '반드시 따라 나오게끔' 필요한 숨은 전제들을
첨가하여 논증을 재구성하라. 만약 이것이 가능하다면 모든 논증 평가가
다음 절에서 하게 될 '전제의 수용 가능성' 평가 하나로 수렴하게 된다.

숨은 전제를 찾아 넣기 어렵거나 그것이 오히려 번거롭다면
주어진 전제들로부터 다른 결론이 나올 가능성을 구체적으로 보임으로써
그 논증의 '전제 → 결론 도출 가능성'에 문제가 있음을 지적하라.

이 두 과정은 방법상의 차이만 있을 뿐 실제에서는 동일한 결과를
낳는다. 예컨대 두 번째 지침을 보자. 이 지침에 따라서 주어진 전제 X
는 받아들이면서 주어진 결론 Y와 상충하는 다른 결론 Z도 받아들일
수 있음을 보였다고 해 보자. 이는 곧 "X라면 Y."라는 숨은 전제가 틀
렸음을 보이는 것과 다르지 않다. 이제 전제 및 숨은 전제의 수용 가
능성에 대한 평가로 넘어가도록 하자.

3. 전제 및 숨은 전제의 수용 가능성 평가

'전제 → 결론 도출 가능성'을 평가하면서 이 측면에서 문제가 없도록 각 세부 논증마다 그에 필요한 숨은 전제를 보충해 넣었으니, 이제 그 숨은 전제까지 포함해 전제들을 하나씩 검토해 보자.

인간의 사고에서는 존엄성을 찾을 수 있다는 것을 보이고자 하는 첫 번째 세부 논증에 사용된 전제는 다음 셋이다.

> 〈명시적 전제〉 인간은 자신이 죽는다는 것과 우주가 자기보다 힘이 세다는 것을 안다.
>
> 〈숨은 전제 1〉 자신의 유한성에 대한 이러한 앎은 존엄한 능력이다.
>
> 〈숨은 전제 2〉 이 능력은 사고 능력의 일종이다.

이 전제들은 모두 받아들일 만한가? 만약 이 중 하나라도 받아들일 수 없다면 이로부터 도출된 결론 역시 정당화되지 못할 것이다. 우선 〈명시적 전제〉와 〈숨은 전제 2〉는 큰 문제 없이 받아들일 수 있겠다. 실제로 우리는 우리가 죽을 수밖에 없는 미약한 존재임을 알고 있고, 또 이런 처지에 있는 우리 자신을 아는 능력을 자신의 유한성을 자각하는 능력이라 일컬으며, 이를 사고 능력의 일종으로 여기는 것에 대해서도 역시 별 이견이 없을 것이기 때문이다. 그런데 이러한 능력이 존엄한 능력이라고 주장하는 〈숨은 전제 1〉에 대해서는 논란이 있겠다. 왜냐하면 이 주장은 인간을 존엄하게 하는 것이 무엇이냐, 라고 하는 합의하기 어려운 가치의 문제를 끌고 들어오기 때문이다. 자신의 유한성을 자각하는 것이 어째서 인간의 존엄성을 담보해 줄까?

텍스트의 앞뒤, 안팎의 맥락을 통해 우리는 파스칼의 취지를 확인한 바 있다. 그 이유는 바로 자신의 유한성을 자각할 때 비로소 인간은 신이라는 무한하고 절대적인 존재를 긍정할 수 있을 뿐만 아니라, 중심으로 받아들일 수 있기 때문이다. 그렇지만 신의 존재를 믿지 않는 사람에게는, 더욱이 무신론적 경향이 강한 현대인들에게는 이러한 내용을 어떻게 설득할 수 있을까? 인류가 이룬 가장 위대한 성취로 과학적 이성의 탄생을 서슴없이 첫손에 꼽는 이들이 많아진 지금의 흐름에서는 유한성을 자각하는 사고 능력보다는 오히려 유한성을 극복해 나가는 데카르트적 사고 능력이 더욱 존엄한 것으로 간주되지 않겠는가?

첫 번째 세부 논증의 전제에 대한 비판적 시각은 이 정도로 소개하고, 사고 능력을 제외하면 인간에게서는 존엄성을 찾을 수 없음을 보이고자 하는 두 번째 세부 논증으로 넘어가자. 이 논증에는 하나의 명시적 전제와 하나의 숨은 전제가 포함되어 있다.

〈명시적 전제〉 사고 능력을 제외하면 인간은 자연 중 가장 약한 갈대에 지나지 않는다.

〈숨은 전제 3〉 자연 중 가장 약한 갈대에 지나지 않는 것은 존엄하지 않다.

이 두 전제 중 〈명시적 전제〉에 대해서는 텍스트에 다시 그 근거가 제시되고 있으므로 앞 절 '전제 → 결론 도출 가능성'에서 비판적으로 검토한 바 있다. 그리고 비판을 피할 수 있는 한 방법으로 '약한 갈대'라는 비유적 표현은 '쉽게 부서져 사라지는 존재'를 의미할 뿐이라고 보자고 제안했었다. 여기서도 문제가 되는 것은 〈숨은 전제 3〉이다. 이 전제는 존재의 존엄성이 어디에 기초하느냐 하는 더욱 근본적인 물음을 던지게 한다. 과연 갈대처럼 약한 존재는 존엄하지 않은가? 물론 이때의 '약한 갈대'는 앞의 제안에 따르면 '쉽게 부서져 사라지는 존재'를 의미하므로 이렇게 달리 물을 수도 있다. 가장 쉽게 부서져 사라진다는 점에서 가장 약한 갈대에 지나지 않은 존재는 존엄할 수 없는가? 인간의 존엄성이 힘의 세기나, 생존력이나, 육체적 능력 등에 의해 결정된다면 사실 이러한 사고방식은 매우 위험한 함축을 품고 있다고 할 수 있다. 이 논리를 따르면 더 강한 신체적, 정신적, 사회적 능력을 지닌 인간은 더 존엄하고, 덜한 인간은 덜 존엄하다는 귀결을 이끌어 낼 수 있기 때문이다. 이러한 귀결은 그 능력과 무관하게 모든 인간을 동등하게 존엄한 존재로 취급할 것을 요구하는 우리의 일반적 윤리 규범과 공존하기 어렵다.

물론 이러한 문제 제기에 대해 파스칼 역시 답할 것이 많을 것이다. 하지만 이 정도에서 그치도록 하자. 여기서는 주어진 논증에 대해 비판적 시각을 갖고 어떤 방식으로 평가하고 어떻게 문제점을 지적할 수 있는지를 보여 주는 것으로 충분하기 때문이다. 물론 마지막으로 한 가지 길잡이는 남겨 둘 필요가 있겠다. 전제의 수용 가능성을 평가하는 앞의 과정을 지켜보며 짐작했겠지만, 수용 가능성에서 문제가 있는 것들은 명시적으로 드러난 전제보다는 독자가 재구성해서 넣은 숨은 전제일 가능성이 크다. 그 이유는 쉽게 짐작할 수 있다. 저자가 텍스트 속에 명시적으로 어떤 근거를 제시했다면 그것은 받아들일 만하다는 확신이 어느 정도 있기 때문 아니겠는가? 따라서 취약점을 파고들고자 한다면 저자가 명시적으로 밝히지 않은 숨은 전제를 잘 구성해서 그것에 주목하는 것이 효과적이다.

전제의 수용 가능성 평가의 길잡이

전제들이 받아들일 만한지를 평가할 때는, 명시적 전제보다는 숨은 전제의 수용 가능성을 평가하는 데 집중하라.

함께하기

다음 글을 읽고 아래 활동을 해 보자.

월리스 씨는 『우주 속 인간의 자리』에서 우주에 아주 미미한 구조라도 변화가 있었더라면 생명체는 발생할 수 없었을 거라고 하면서, 이러한 사실은 어떤 고도의 지식을 가진 존재가 의도적으로 유기 생명체와 인간이 생성되도록 우주를 설계하였음을 증명한다고 하였습니다. 나는 대체로 그의 의견에 동의합니다. 그가 천문학적 자료로 이 점을 명확히 보여 주었으니 천문학은 확실히 우리 편입니다.

이제 지질학으로 가 봅시다. 많은 훌륭한 과학자들이 지질학 분야의 증거를 주의 깊게 검토한 결과 우리 지구의 역사가 엄청나게 오래되었음을 확신하게 되었습니다. 그러나 캘빈 경은 의견이 다르십니다. 저는 그분을 믿습니다. 그는 지구 나이를 1억 년 정도로 보고 있습니다. 그리고 인간은 32,000년 전에 출현했다는 주장에 동의하십니다. 그러니 지구가 인간의 탄생을 준비하기까지 99,968,000년이라는 긴 세월이 걸렸다는 얘기가 됩니다. 아무리 창조주께서 인간을 보고 싶어 안달이 났었다고 해도 이처럼 대단한 일은 조심스럽고, 정성스럽게, 그리고 논리정연하게 진행되어야 하는 것이니까요.

인간이 탄생하기 전에 굴이 이미 존재하고 있었다는 게 확실하다고 합니다. 굴을 단번에 만들 수는 없었을 것이고, 굴의 조상 격부터 만들었어야 할 것입니다. 벨렘나이트, 삼엽충, 제부사이트 등 말입니다. 1,900만 년을 거쳐 마침내 굴이 완성됨으로써 인간의 발생을 위한 준비, 그 대장정의 첫 단계가 마무리되는 것입니다.

다음 단계는 물고기와 그 물고기를 구워 먹는 데 쓰일 석탄을 만드는 일이었습니다. 처음에 석탄층을 만드는 일은 고생스럽고도 시간이 많이 걸리는 지루한 작업입니다. 늪지에 고대 식물들의 숲을 만들고, 가라앉히고, 썩히고, 퇴적물로 덮고, 바위가 될 때까지 기다리고… 아, 제대로 된 석탄층을 만드는 일은 지겹도록 오래 걸리는 일이군요. 무려 2,000만 년이 지나갑니다.

고생대가 끝나고 중생대가 열리면서 파충류의 시대가 도래합니다. 인간을 위해서는 파충류가 필수적인데, 그놈들이 인간의 양식이 되기 때문이 아니라 그놈으로부터 인간이 진화하기 때문입니다. 이 단계가 계획상 가장 중요한 단계이기 때문에 3,000만 년이라는 충분한 시간적 여유가 주어집니다. 너무나 장엄하고 위엄 있는 모습의 익룡이 세상에 나타난 시기도 바로 이때입니다. 익룡들은 지난 3,000만 년이 자신들을 위한 준비 기간이었다고 생각할지도 모르겠습니다. 이런 생각이 결코 멍청한 것은 아니지만 그렇다고 맞는 생각은 아닙니다.

이때부터 다음 3,000만 년 동안의 준비는 아주 빠르게 진행되었습니다. 200만 년 간격으로 6차례의 빙하기가 지구의 위아래 여기저기서 불쌍한 고아들을 쫓아다녔습니다. 익룡에서 진화한 새, 캥거루, 유대류 중에서 인간의 탄생을 준비할 소수를 제외하고는 모두 사라졌습니다. 극지방이 열대가 되고, 적도에 혹한이 닥치는 등의 변덕이 계속되었고, 대륙 전체가 어느 순간 가라앉아 공포에 젖은 채 젖은 몸을 말리곤 했습니다. 그리고 툭하면 화산이 폭발하여 살고 있던 터전에서 그들을 쫓아내곤 했습니다.

드디어 원숭이가 나타나고, 500만 년 동안 진화를 거듭하면서 마침내 사람의 면모를 갖추게 됩니다. 이것이 인간 탄생의 역사였습니다. 인간의 탄생을 준비하기 위해 1억 년의 세월이 흘렀다는 사실이 지구가 인간을 위해 만들어졌음을 증명하는 것이라고 생각해 보는데… 글쎄요, 잘 모르겠습니다. 만약 에펠탑 전체가 지구의 나이를 나타낸다면 탑 꼭대기 손잡이에 칠해진 페인트 껍질의 두께가 그중 인간이 존재해온 기간을 나타낼 것입니다. 누구나 그 페인트 껍질을 위해 에펠탑이 만들어졌을 거라고 생각할 것이고, 저도 그랬습니다.

— 마크 트웨인, 「세상은 인간을 위해 만들어졌는가?」, 『지식의 원전』

1) 이 글의 결론, 전제, 숨은 전제를 찾아 유비논증의 형식으로 정리해 보자.

2) 이 글의 앞뒤, 안팎의 맥락을 조사해 정리해 보자.

3) 유비논증 〈함께하기〉(60쪽)에서 살펴본 시계 논증과 이 글을 비교해서 읽어 보자. 다음으로 이 글을 '전제 → 결론 도출 가능성' 및 '전제의 수용 가능성' 측면에서 비판적으로 평가해 보자.

함께하기

다음 글을 읽고 아래 활동을 해 보자.

인간이라는 종은 환경의 측면에서 보면 한마디로 비정상 상태이다. 지적 능력이 인간이라는 잘못된 종과 합쳐지게 되면 그 능력이 생물계에 치명적으로 작용할 가능성이 크다. 인간의 지적 능력은 결국 인간의 자멸을 초래한다는 것이 아마도 진화의 법칙인 것 같다.

이 언짢은 시나리오는 인간의 본성에 대한 다음 이론에 기초하고 있다. 인간은 매우 이기적이도록 유전적으로 프로그램되어 있어서 인간이 전 지구적인 책임감을 체득하려면 많은 시간이 필요한데, 현재 지구 환경은 그럴 만한 시간을 인간에게 주지 않는다. 인간들은 자신을 제일 첫 번째, 가족을 두 번째, 종족을 세 번째, 그리고 그 밖의 세계를 네 번째로 놓는다. 그들의 유전인자는 기껏해야 한두 세대 앞을 설계할 수 있을 뿐이다. 그들은 자신의 상태와 종족의 안전을 위협하는 사소한 도전에는

7장 텍스트의 비판적 평가

신속하고 격렬하게 반응하지만, 이상하게도 지진이나 폭풍과 같은 자연 재해는 과소평가해 버린다.

이런 근시안적 안개에 갇혀 있는 이유는, 진화론적으로 본다면, 이것이 지난 몇천 년을 제외하고는 인류가 존재해 온 200만 년 동안 실제로 이득이 되었기 때문이다. 현재의 두뇌 형태로 진화하기까지의 오랜 수렵·채집생활 동안 생명은 위태롭고 짧았다. 그리고 거대한 규모의 재앙은 수 세기에 한 번씩 일어났기 때문에 잊혀져서 신화로나 남을 뿐이었다. 따라서 단기적 사고의 경향을 발현하는 유전자를 지닌 자가 더 오래 살아남았으며 더 많은 후손을 낳았다.

그러나 그 법칙이 최근에 갑작스럽게 변화되었다. 다음 한 세대도 마치기 전에 전 지구적 위기가 몰려올 가능성이 크다. 왜냐하면 환경에 충격을 가하는 인간의 기술 수준이 기하급수적으로 성장했기 때문이다. 더 좋은 삶의 질을 추구하면서 자원에 대한 탐구가 빠르게 확장되고 있으며 이를 과학적 지식이 뒷받침해 주고 있다. 많은 지구의 자원은 유한하기 때문에 계속해서 소비가 배로 증가하게 되면 돌발적으로 재앙이 일어날 수도 있다. 재생 불가능한 자원이 반만 소비되어도, 여기서 한 발짝만 더 디디면 끝이다. 생태학자들은 이 점을 프랑스에서 내려오는 백합 연못 수수께끼를 통해 보여 준다. 첫날 연못엔 백합 한 잎만이 물 위에 떠 있다. 그런데 이 백합은 매우 왕성해서 그 잎의 수가 매일 두 배로 늘어난다. 그리하여 만약 30일째에 연못 전체가 백합 잎으로 가득 찬다면 백합 잎이 그 연못의 반을 채우게 되는 때는 언제인가? 답은 29일째이다.

－E. O. 윌슨, 「인간성의 끝은 자멸?」, 《뉴욕타임즈》

1) 이 글의 결론, 전제, 숨은 전제를 찾아 핵심 내용을 정리해 보자.

2) 이 글의 앞뒤, 안팎의 맥락을 조사해 정리해 보자.

3) 이 글을 '전제 → 결론 도출 가능성' 및 '전제의 수용 가능성' 측면에
   서 비판적으로 평가해 보자.

8장

발표

앞 단원들에서 비판적 사고를 통해 주어진 텍스트를 논증적으로 분석하고 평가하는 방법을 학습했다면, 이제 남은 두 단원에서는 그러한 논증적 분석과 평가를 밑거름 삼아, 내 주장을 논증으로 만들고 청중을 상대로 그것을 말로 설득하는 의사소통 방식인 발표와 토론에 관해 공부할 것이다. 이번 단원은 먼저 발표에 관해 다룰 것이지만, 그에 앞서 '설득하는 말하기'의 전반적 특징을 개략적으로 살펴보자.

인간에게는 언어를 사용하여 자신의 의사를 표현할 수 있는 능력이 있다. 언어를 사용하여 마음속에 담겨 있는 생각을 타인에게 말이나 글로 전달할 수 있고, 타인의 복잡하고 정교한 주장이 담긴 말이나 글을 알아듣고 이해할 수 있는 고도의 언어 구사 능력은 다른 어떤 동물과도 구분되는 인간만의 차별화된 특징이다. 고대 그리스의 철학자 아리스토텔레스는 『수사학』에서 이렇게 말한다.

몸을 이용해 자신을 지키지 못하면 치욕스러워도 말을 사용해 자신을 지키지 못하는 일은 치욕스럽지 않다고 한다면 이는 오산이다. 몸을 쓰는 것보다 말을 쓰는 것이 인간에게 더 고유한 속성이기 때문이다.

이것은 자신이 원하고 주장하는 바를 말이나 글로 표현하여 타인에게 자신의 의사를 전달하고 설득하는 일이야말로 우리 인간이 할 수 있는 가장 인간다운 행위임을 말해 준다. 발표와 토론은 그중에서도 특히 말하기와 관련된 언어 수행이다.

특히, 과거와 달리 개인주의적 경향이 강한 현대 사회에서는 획일화된 집단적 사고와 행동 규준에 매몰되기보다는 개개인의 개성과 취향, 창의적 발상의 표출이 존중되고 있으며, 이에 따라 누구나 제 생각을 합리적으로 표현하고 타인을 설득하는 능력이 그 어느 때보다 중요해졌다. 이제는 그저 입을 꾹 닫고 순순히 타인의 의견에 따르면서 분란을 피하려고만 하는 것은 미덕이라기보다 당연한 자기 권리를 포기하는 비겁한 태도로 인식된다. 내 생각을 밖으로 끄집어내 적극적으로 호소할 줄 모르면 '자기만 손해'다. 누구든 할 말이 있으면 당당하게 말할 수 있어야 한다.

1. 설득이란

우리가 말을 하는 목적은 다양하다. 외부 상황이나 사물에 대한 자신의 느낌이나 인상을 묘사할 때도 있고, 시간적 흐름 속에서 대상의 움직임이나 사건을 서사적으로 서술하기도 하고, 상상력을 자극하는 재미있는 이야기를 만들어 내는 스토리텔링을 할 때도 있으며, 실용적인 차원에서 유용한 정보 제공을 목적으로 말할 경우도 있다.

하지만 자신의 주장을 타인에게 설득하려는 목적으로 말을 할 때도 있다. 바로 토론이 전형적으로 그렇게 설득하는 유형의 말하기라고 할 수 있으며, 발표도 때에 따라 듣는 이의 설득을 목표로 수행될 수 있다. 물론 설득하는 말하기라고 해서 앞에 언급한 다른 목적들과 완전히 배타적이라고 생각할 이유는 전혀 없다. 설득 과정에서 묘사, 서사, 스토리텔링, 정보 제공 등 다른 목적의 말하기가 얼마든지 활용될 수 있기 때문이다. 하지만 발표나 토론에서 수행되는 설득의 말하기는 궁극적으로 듣는 이의 찬성과 동의를 끌어낸다는 분명한 목표를 지닌다는 점에서 다른 유형의 말하기와 차별화된다.

누군가를 설득한다는 것은 무엇이고 그것을 제대로 하려면 어떻게 해야 할까? 사전적 정의에 기초하여 말하자면, 설득(說得)이란 당면 문제에 대하여 상대방과 의견이 불일치(혹은 대립)하거나 혹은 비대칭(상대방의 의견 공백으로 인해)인 상황에서 상대방이 자신의 주장을 따르도록 말로 여러 가지 설명을 제시해서 깨우치게 함으로써 이해시켜 놓은 상태를 가리킨다. 간단히 말하자면, 자신이 믿는 바를 언어적으로 전달하여 상대방이 받아들이게 하는 것이 바로 설득이다.

하지만 무슨 일이건 다 그렇듯이, 누군가를 성공적으로 설득한다는 것은 그리 간단한 문제가 아니다. 특히, 상대방이 자신의 주장을 받아들이게 한 결과가 설득의 성공을 가늠하는 최종 기준이 되는 것은 맞지만, 그런 결과를 얻었다고 해서 그것이 꼭 성공적인 설득이라고 단정할 수 없다는 것이 문제다. 상대가 내 주장을 받아들였다는 사실은 성공적인 설득의 필요조건이지만 충분조건은 아니다.

우리는 말 한마디로 천 냥 빚을 갚는다고도 하고 문제를 말로 해결하지 않고 물리적 폭력이나 강압에 의존하려 드는 것은 비이성적인 행동이라고 비난하지만, 다른 한편으로는 말로 입은 마음의 상처가 주먹질로 생긴 몸의 상처보다 오히려 깊고 쓰리며 더 오래가기도 한다. 말로 하는 설득 시도가 부적절한 수단에 의존하여 정당성 없는 주장을 관철하는 일로 변질할 때는 심각한 부작용을 낳을 수도 있다. 그런 설득 시도는 오히려 문제를 더 악화하고 많은 후유증과 부작용을 일으킨다.

기만, 선동, 강압, 언어폭력 등 수단과 방법을 가리지 않고 내 주장을 상대에게 관철하는 데에만 치중할 때 그것은 기껏해야 상대방을 일시적으로 회유하는 데 그치며, 그렇게 해서 얻는 이득보다 오히려 더 큰 피해를 남길 수도 있다. 하지만 어쨌든 상대가 내 주장을 받아들이지 않으면 어떤 의미로도 성공한 설득이 될 수 없는 것은 틀림없다. 또한 설득에 지나치게 오랜 시간과 많은 에너지를 소모하게 되는 것도 바람직한 것은 아니다.

그렇다면 성공적인 설득이 되기 위한 조건은 분명하다. 그것은 한마디로 '합리적 보편성'과 '상황적 특수성'에 달린 문제라고 말할 수 있다. 합리적 보편성을 지닌다는 것은 내 주장(궁극적으로 상대가 받아들일 결론)과 근거(상대가 그 결론을 받아들일 수밖에 없는 이유)가 이성을 가진 합리적인 사람이라면 어느 시대 어느 장소의 누구라도 거부할 수 없는 그런 것이어야 한다는 뜻이다. 상황적 특수성을 고려한다는 것은 지금의 설득 대상이 개별자로서 처해 있는 특수한 맥락과 배경적 상황을 충분히 반영해야 한다는 뜻이다. 다시 말해, 사람은 누구나 시대나 장소, 그리고 그밖에 다채로운 사회적 맥락들에서 저마다 처해 있는 상황이 다르며, 설득을 시도할 때 그런 각자의 처지를 충분히 고려해야 한다는 것이다.

우리는 합리적 보편성을 통해 설득의 정당성을 확보할 수 있다. 이로써 기만이나 폭력 같은 비정상적 수단을 사용하는 경우와 대비되는 정상적인 의미의 설득을 구분할 수 있게 된다. 상황적 특수성의 고려는 설득의 효율성을 높여 준다. 효율적인 설득이란 되도록 짧은 시간에 되도록 많은 사람에게 내 주장을 받아들이도록 할 수 있느냐의 문제와 관련된다. 설득의 정당성이 '무엇'을 설득할 것이냐, 즉 무슨 주장을 무슨 근거로 설득할 것이냐와 관련된 문제라면 설득의 효율성은 '어떻게' 전달할 것이냐, 즉 최적의 표현 수단을 찾는 문제이다.

정당성과 효율성은 둘 다 갖춰야 할 조건이지만, 당연히 우선순위가 있다. 무엇을 설득할 것이냐가 어떻게 설득할 것이냐보다 먼저다 (우리가 앞의 여러 단원에 걸쳐서 좋은 논증을 만들고 평가하는 방법을 공부한 이유도 바로 여기에 있다). 옛 그리스 속담처럼 '말 앞에 수레를 묶으면 안 된다.' 마차의 구성 요소가 말과 수레이니, 말과 수레를 어떤 식으로든 함께 묶어 놓기만 하면 마차가 될까? 그렇지 않다. 마차가 되려면 말과 수레가 있어야 할 뿐만 아니라 그 둘을 제대로 된 방식으로 연결해야 한다. 설득의 경우에도 마찬가지다. 다음 절에서 소개할 설득의 세 가지 기술과 관련하여 그 점을 더 자세히 살펴보도록 하자.

8장 발표

1. 정당성이 없는 설득 시도가 큰 후유증과 부작용을 낳았던 개인적 사
   례를 함께 이야기해 보자.

2. 정당성이 없는 설득 시도가 오히려 상황을 악화하고 큰 피해를 불러
   온 역사적인 사례, 혹은 오늘날 우리 사회의 현실적 사례를 함께 찾
   아보자.

3. 정당성은 있으나 효율적이지 못했던 설득 시도 사례를 역사 속이나
   우리 사회의 현실 속에서 함께 찾아보자.

2. 설득의 세 요소

설득에서 합리적 보편성과 상황적 특수성의 조건을 충족하는 문제
는 당연히 되는 대로, 아무렇게나, 저절로 해결될 수 있는 것이 아니
다. 아리스토텔레스는 이렇게 말한다.

> 인간은 누구나 하나의 명제에 대해 질문하기도 하고, 그 명제를 옹호
> 하기도 하고, 또한 변호하고 비난하기도 한다. 단지 대부분 사람은 어떤
> 구체적인 방법도 없이 그렇게 하거나(우연에 맡기는 이들), 습관에 의해 그
> 렇게 할 뿐이다(습관에 따르는 이들).

아리스토텔레스에 따르면 말로 자신을 옹호하고 타인을 설득하기 위해서는 적절한 기술의 습득이 필요하다. 아리스토텔레스는 주로 웅변이나 법정 토론을 염두에 두고 이러한 설득의 기술에서 에토스 (ethos), 파토스(pathos), 로고스(logos)라는 세 가지 양식을 분별한다. 그것을 말하기에 초점을 두어 표로 정리하면 다음과 같다.

에토스	- 화자의 성격상의 특질과 관련된다. - 화자는 청자의 신뢰성 확보를 지향한다. 그에 따른 세 가지 요구 조건은 다음과 같다. ① 자격, 능력, 권한 ② 선량한 의도 ③ 감정 이입 - 화자의 배경 정보, 자기 묘사, 언어 구사 스타일 등이 영향을 미친다.
파토스	- 청자에게 형성되는 분노, 연민, 공포 등의 특정한 감정 상태. - 청자를 잘 설득하기 위해서는 적절한 감정 상태에 빠지게 해야 한다. - 청자의 현재 상태를 파악하는 것이 무엇보다 중요하다.
로고스	- 말 그 자체가 제공하는 명백한 증명. - 청자가 그 내용과 논리적 추론 모두에서 올바르다고 여길 수 있는 논증을 제시하는 것으로서, 한마디로 논리적으로 합당한 이유에 호소하는 것을 의미한다.

아리스토텔레스가 에토스, 파토스, 로고스라는 세 영역을 구분한 것은 특히 실천적인 차원에서 설득에 접근할 때 매우 유용하다. 우리는 로고스가 설득의 합리적 보편성 측면과 관련되고, 에토스와 파토스가 상황적 특수성 측면과 관련된다는 것을 쉽게 알 수 있다.

예를 들어, 고대 그리스의 대철학자 소크라테스가 재판정에서 자신의 무죄를 변론하며 내세운 주장들은 2,400년이 지난 오늘에 이르러서도 여전히 많은 사람에게 깨우침을 주고 있으나, 정작 바로 그 당시에 그 법정에 나온 배심원단을 설득하는 데는 실패했고 결국 소크라테스 본인도 죽음을 맞이했다. 그의 변론이 배심원들의 자존심에 상처를 준 것이 한 가지 이유였다. 그의 변론에는 합리적 보편성이 담겨 있었으나 상황적 특수성의 측면에서는 결과적으로 문제가 있었다. 달리 말해, 에토스와 파토스의 실패였다. 잘 알려진 우화에서 양치기 소년은 마지막에 진실을 주장했음에도 불구하고, 이미 여러 차례의 거짓말로 마을 사람들에게 신뢰를 상실한 상태에서 결국 그들을 설득하지 못했다. 에토스의 실패가 결정적이다.

설득에서 로고스를 배제하고 에토스와 파토스의 기술만 강조할 때 그것이 곧 정당성 없이 효율성만 추구하는 설득 시도이다. 앞 단원들에서 배운 수많은 오류 추론이 대부분 이런 성격을 지닌 것들이다. 이를테면 사람에 호소하는 오류, 부적합한 권위에 호소하는 오류는 에토스와 관련된 것이고, 군중에 호소하는 오류, 공포와 연민에 호소하는 오류는 파토스와 관련이 있다. 실제로 플라톤이 수사학에 반대했던 이유도 당시 아테네의 소피스트들이 '무엇을 주장할 것인가'에는 관심을 두지 않고 오로지 '어떻게 전달할 것인가'에만 전념했기 때문이다.

한편, 로고스를 확보했으나 에토스와 파토스의 측면에서 아무 대책이 없어 상대를 설득하지 못하는 답답한 상황도 문제이기는 마찬가지다. 설득의 정당성은 있으나 효율성이 떨어지는 경우다. 따라서 성공적인 설득을 위해서는 이 세 영역의 기술을 골고루 연마해야 할 필요성이 있음은 두말할 나위가 없다.

하지만 무엇을 말할 것이냐가 어떻게 말할 것이냐에 우선한다는 점에서 당연히 이 세 영역의 기술에도 우선순위는 있다. 예를 들어, 어떤 상품을 팔아야 하는 상인의 경우를 생각해 보자. 상품을 잘 팔기 위해서는 상인이 상품과 관련하여 여러 가지 측면에서 구매자에게 신뢰감을 주어야 하며(예를 들면, 상표 자체의 이미지 같은), 상품은 사람들의 구매욕을 자극할 수 있게끔 멋지게 디자인되고 보기 좋게 포장되어야(사람들은 보기 좋은 떡이 먹기도 좋다고 생각한다) 할 것이다. 소비자를 설득해서 판매에 성공하려면 이런 두 가지 요소를 결코 무시해서는 안 되지만(에토스와 파토스의 필요성), 상품이 장기간에 걸쳐 많은 소비자를 확보하려면 상품의 품질이 무엇보다 중요하다(로고스의 우선성)는 점은 두말할 필요가 없을 것이다. 설득의 경우도 사정은 이와 다르지 않다. 우리가 상대를 설득할 때 우선 관심을 가져야 할 요소는 로고스, 즉 합리적 보편성을 확보할 수 있는 주장과 논거를 제시하는 것이다.

이제부터, 지금까지의 개념적 이해를 바탕으로 설득하는 말하기라는 차원에서 발표와 토론에 대해 그 길잡이와 실천을 구체적으로 살펴보자.

1. 타인을 설득할 때 자주 사용하는 나만의 에토스·파토스적 기술이 있다면 함께 이야기해 보자.

2. 상대의 현란한 말재주에 설득당한 후 오판했다고 후회한 경험이 있다면 함께 이야기해 보자.

3. 다음 연설문 원고를 읽고 로고스·에토스·파토스적인 측면에서 함께 평가해 보자.

"우리는 물질만능주의의 파도를 물리치는 데 필요한 조치를 취한다는 단 하나의 목적으로 미국의 방방곡곡에서 여기에 함께 모였습니다. 물질만능주의는 우리의 사랑하는 조국 미합중국을 집어삼키겠노라 위협하는 사악한 힘을 지닌 해일이 되었습니다. 우리는 예수 그리스도의 기치와 우리의 미국 공화국의 기치 아래, 즉 십자가와 국기 아래서 월스트리트의 국제 자본가들과, 모스크바의 국제 공산주의자들과, 전 세계의 국제 유대인 테러분자들에게 그들이 실패했음을 입증하기 위해 한데 뭉쳤습니다. 우리가 만들어 가고 있는 정당은 악에 대한 저항, 노예제에 대한 저항, 신을 믿지 않는 공산주의에 대한 저항이 세상에 아직도 살아 있다는 사실을 보여 주는 기념비입니다.

유럽 전역에서 기독교를 파괴하고 있으며 만약에 우리가 방심하면 이 나라에서도 기독교를 파괴할 작정인 검은 시장 상인들과 사회주의 협잡꾼들을 먹여 살리고 그들의 지갑을 두툼하게 만들기 위해 마셜 플랜 기금 9,000만 달러가 국제 금융사들에게 지불되었다는 이야기를 왜 아무도 미국인들에게 해 주지 않은 것입니까? 그것은 지금은 죽은 우리의 전직 독재자 프랭클린 델라노 루스벨트의 비밀 거래와 비밀 약속의 부담을 우리가 초당적인 외교정책하에서 짊어졌다는 이야기입니다! 초당적인 외교정책하에서, 우리는 독일 사람들에게 악마와도 같은 모겐소 정책이 부과되도록 허용한 죄를 짓게 되었습니다. 일부러 수백만의 기독교도 여성들과 어린이들을 굶기면서 말입니다. 그런데 왜 미국인들은 이 모겐소 정책이 권력에 미친 가학주의적인 친(親)공산주의 유대인들이 고안한 것이라는 이야기는 듣지 못했던 것일까요? 그들이 독일인들을 파멸시키고 그럼으로써 소련군이 기독교 유럽 전역을 점령하여 노예로 만들 수 있게 하려 했다는 것을요!

우리는 유대인의 국제 음모, 공산주의자 유대인의 반역, 시온주의 유대인의 테러라는 문제의 해결책을 찾기 위해 기존 정당들의 정견을 탐색해 보았습니다. 하지만 그 과정에서 우리는 그런 정당들이 팔레스타인에 이른바 유대 국가를 창설하면서 자신들이 저지른 짓에 동정을 구하는 구슬픈 울음소리만을 들을 수 있었습니다. 그것 말고는 아무 것도 없었습니다. 우리는 기독교적인 아메리카주의를 지지하고 대변하는 미국 시민들을 윽박지르고 중상모략하는 미국 내 유대인 게슈타포를 언급하는 것을 한 번도 못 보았습니다. 우리는 공산주의 미국에서 통제와 노예화의 길을 닦겠다는 목적으로 우리 정부에 침투한 공산주의자 유대인들을 언급하는 것을 본 적이 없습니다. 미국을 쥐어짜서 외국 군대를 무장하게 한 시온주의 유대인들이 드러낸 이중성에 대한 어떤 저주도 못 보았습니다. 우리는 기독교도 미국인들에게서 언론의 자유와 결사의 자유를 박탈

하려는 목적으로 미국의 거리를 활보하고 다니는 유대인 테러 분자들에 대한 어떤 비난도 못 보았습니다.

미국에서 공산당을 불법화하려는 것이 기독 국가주의당의 목표입니다. 공산주의를 모든 품위 있는 것들에 대해 저지르는 범죄로, 미국 정부를 상대로 벌이는 범죄로, 그리고 기독 국가주의자들이 소중하게 간직한 모든 것들에 대한 범죄로 간주하겠다는 것입니다. 우리는 공산당의 모든 당원, 공산주의 단체의 모든 회원, 그리고 이오시프 스탈린에 대한 사랑을 미국의 성조기와 미국 헌법에 대한 사랑보다 더 우선시하는 모든 사람을 미국의 감방에 처넣을 작정입니다.

바야흐로 워싱턴에서 적발된 사람들 모두 펠릭스 프랑크푸르터의 학생들이었다고 하니, 만약에 그들이 모두 공산주의 첩자들로 판명 나기라도 한다면, 이제는 그자가 하버드 대학교에서 이런 패거리에게 무엇을 가르쳤던 것인지 밝혀야 할 때라고 생각합니다. 이런 그가 지금 미국 연방 대법원에 앉아 있습니다. 이제 이런 사람들이 수도 워싱턴의 힘 있고 중요한 자리에 남아 있다고 할 때, 어떻게 우리 정부가 안전할 수 있을까요. 지금은 우리가 미국의 행정부를 청소할 때이며, 그래서 우리는 우리 정부를 접수해 버린 비열한 변절자들을 일소하기 위해서 기독 국가주의당을 조직하고 있는 것입니다.

우리는 니그로 문제에 관해서 여러분을 선동하려는 것이 아닙니다. 우리는 진리를 말하려고 하는 것이며, 우리가 믿고 있는 바를 말하려는 것이며, 미국에서 백인과 흑인이 혼합됨으로써 생기는 문제에 대한 유일한 해결책을 말하려고 하는 것입니다. 우리는 흑인종과 백인종의 분리를 미합중국의 법으로 하는 헌법 수정을 주장합니다. 그리고 우리는 흑인종과 백인종의 인종 간 결혼을 연방 범죄로 규정할 것을 주장합니다.

일전에 미시시피주 잭슨시에 내려갔을 때 그곳의 훌륭한 친구들과의 만남 자리에서 들은 짧은 이야기를 하나 해 드리겠습니다. 니그로 한 명이 세인트루이스로 넘어와서 백인 여자와 결혼을 했는데, 그러고 나서 미시시피 잭슨으로 되돌아갔더니 거기 녀석들이 그를 길모퉁이로 몰고 가서 이렇게 말했답니다. "모스, 넌 저 백인 여자와 함께 이 동네서 살 수 없어. 우리는 깜둥이들이 백인 여자들을 데리고 어슬렁거리게 놔두지 않을 거야, 백인 여자들과 결혼하는 꼴을 못 본다고, 알겠냐." 그러니까 그가 이렇게 말했다고 하는군요. "형님, 형님은 정말 너무나 뭘 잘못 알고 있어요. 저 여자는 반은 양키고, 반은 유대인이에요. 저 여자는 백인의 피는 한 방울도 들어 있지 않다고요."

오른쪽 왼쪽 할 것 없이 사방에 깔린 공산주의자들, 이런 자들이 코플린 신부, 찰스 린드버그, 마틴 다이스, 버튼 휠러, 제럴드 스미스를 제거하기 위해 날뛰고 있습니다. 그들을 위협하고 자극하고, 그들을 박해하고, 그들을 조롱하고, 그들을 파괴하고, 그들이 활동하지 못하게 막고 있습니다. 하느님의 은총이 있으니 적어도 제가 그런 식으로 활동을 멈추게 되는 일은 없을 것입니다. 저의 판단은 다이스 위원회에 대해서 옳았고, 앨저 히스에 대해서도 옳았고, 스테티니어스 국제연합에 대해서도 옳았으며, …… 엘리너 루스벨트에 대해서도 옳았습니다!

사업가들이 이렇게 몰락한 적은 없었고, 남녀 시민들이 이보다 더 많이 기만당하고, 자존심 꺾이고, 짓밟힌 적은 없었습니다. 이 모든 것이 다 그 대통령 일가 덕분입니다. 지난 15년 동안 우리에게 루스벨트 일가로 알려진, 저 살인마이자 협잡꾼, 스탈린 유화주의자, 전쟁광 등등이 실행에 옮긴 일들이 다 그런 것들입니다! 신이시여, 루스벨트 일가로부터 미국을 구해 주소서!"

— 고든 올포트, 『편견』 중, 1948년 '기독교 국가주의자' 집회 연설문

* 펠릭스 프랑크푸르터는 미국시민자유연맹을 창설한 법학자로서 루스벨트 대통령의 지명으로 연방대법관에 임명되었다.
* 코플린 신부는 미국에서 활동한 캐나다 출신의 극우 가톨릭 사제로 히틀러와 무솔리니의 파시즘과 극단적인 반유대주의를 선동한 인물이다.
* 찰스 린드버그는 세계 최초로 대서양을 무착륙으로 횡단한 유명 비행기 조종사로서 훗날 미국의 2차 세계대전 참전에 반대하며 파시즘 동조자라는 비난을 받게 된다.
* 마틴 다이스는 뉴딜 정책에 강하게 반대한 극우 정치인으로 미국 내 공산주의자 등의 반역 활동을 조사한 '비미(非美)활동조사위원회'의 초대 의장을 맡아 활동했다.
* 버튼 휠러는 법률가 출신의 정치인으로 연방대법원 재편과 관련하여 루스벨트 대통령과 대립했다.
* 제럴드 스미스는 기독교국가주의자십자군 운동을 주도한 개신교 목사이자 극우 정치인이다.
* 앨저 히스는 미 국무부 고위 관리로 소련에 국가 기밀을 제공한 혐의로 기소되어 유죄 판결을 받은 인물이다.
* 스테티니어스는 루스벨트 대통령 재임 당시 미 국무장관을 역임하면서 국제연합 창설에 공을 세운 인물이다.
* 엘리너 루스벨트는 열성적인 사회운동가이자 정치가로서 여성 문제와 인권 문제 등 여러 분야에서 인도주의 활동을 펼친 프랭클린 루스벨트 대통령의 배우자이다.

3. 발표하기

발표란 듣는 이가 있는 공식적인 자리에서 한정된 시간 내에 특정 주제에 대해 자신이 생각하는 바를 듣는 이에게 합리적으로 제시하여 설득하는 말하기 형식이다. 하지만 그렇다고 발표가 글쓰기와 별개인 것은 전혀 아니다. 발표를 제대로 하기 위해서는 사전에 철저한 준비가 필요하며, 그 과정에서 설득력 있는 발표문을 작성해야 하므로 그에 어울리는 적절한 글쓰기 길잡이를 함께 알아 두어야 할 필요가 있다.

발표는 학자의 학술 논문 발표, 특정 사안에 대하여 개인이나 기관의 견해를 대변하는 성명 발표, 정치인의 연설, 각종 행사에서의 격려사나 축사, 성직자의 설교나 설법, 면접이나 오디션 장소에서 수행되는 자기소개, 학생들이 수업 과제로서 수행하는 발표 등 다양한 형태가 있다.

당연한 말이지만, 타인 앞에서 적극적으로 내 생각을 발표하는 것과 그것이 성공적인 발표가 되느냐는 다른 문제다. 사회적인 물의를 일으킨 정치인, 연예인, 사업가 등이 사과문을 발표할 때 흔쾌히 공감하고 받아들일 때도 있지만, 그런 식으로 사과할 거라면 차라리 하지 않는 편이 더 낫겠다고 반감을 느낄 때도 있다. 성공하는 발표와 실패하는 발표는 무엇이 어떻게 달랐던 것일까? 무엇이 발표의 성패를 결정할까? 지금부터 그런 요소들을 '무엇을 발표할 것인지'와 '어떻게 발표할 것인지'라는 두 차원으로 나누어 차근차근 살펴보기로 하자.

최근에 들어본 사회 저명인사의 가장 인상적인 사과문 발표와 가장 거부감을 느낀 사과문 발표를 각각 하나씩 찾아보자.

1) 무엇을 발표할까?

'무엇을 발표할 것인가'는 어떤 발표 주제를 선정하고 그 주제에 관해 내 주장을 어떤 논증으로 구성해 낼 것이냐의 문제이다.

(1) 발표 주제 선정하기

발표의 목적은 다양할 수 있지만 여기서는 전형적인 설득을 목적으로 하는 경우를 염두에 두고 발표 주제 선정 방법을 살펴보자. 발표 주제를 명제로 표현하면 곧 찬반의 대상이 되는 논제가 되는 것이므로 발표 주제를 논제로 생각해도 무방하다. 발표 주제는 어떻게 선정해야 할까?

발표 주제란 내가 무언가를 주장해야 할 대상이다. 내가 무언가를 주장해야 할 상황이란 어떤 경우인가? '지구가 둥글다'라고 주장하거나 '교통 신호를 잘 지켜야 한다'라고 굳이 주장해야 할 필요가 있을까? 혹은, 북극에서 '내일 날씨가 추울 것'이라고 굳이 주장할 이유가 있을까? 청자가 그런 주장들을 반대할 이유는 없겠지만, 그것이 청자가 성공적으로 설득되었기 때문이라고 말하기는 곤란하다. 청자는 누가 군이 그렇게 주장하지 않아도 이미 그렇게 생각하고 있었을 것이기 때문이다. 그런 주장은 청자가 귀담아들을 아무런 새 정보도 제공하지 않는 셈이다. 좋은 주제를 선정하려면, 적어도 그 주제와 관련된 나의 주장이 청자에게 이미 '현재 상태(status quo)'가 아니어야 한다. 그럴 때 비로소 내 주장을 청자에게 설득하는 일이 의미를 지니게 되고, 청자의 현재 상태를 바꾸기 위해 설득력 있는 근거를 제시할 의무와 명분도 생겨난다.

사회적으로 논쟁이 치열하게 벌어지고 있어서 찬성이든 반대든 어느 쪽도 일반적인 현재 상태라고 말할 수 없는 그런 주제를 선택하는 것이 가장 바람직하다. 물론 일반적인 현재 상태에 대한 반대 의사를 주장하는 주제를 고를 수도 있다. 이를테면, 발표 주제를 '교통 신호를 잘 지켜야 하는가?'로 삼고 '잘 지킬 필요가 없다'라는 주장을 논제로 내세울 수도 있을 것이다. 이는 대부분 사람이 당연시하는 견해를 정면으로 거스른다는 측면에서 대단히 흥미로운 발표가 될 수 있지만, 그에 비례해서 입증의 부담도 커지게 만든다는 점을 명심해야 한다. 웬만큼 설득력 있는 근거를 제시하지 않는 한 성공적인 발표가 되기 어렵다는 것이다. 하지만 철저한 비판적 사고의 정신으로 현재 상태의 대세를 거스르는 주장을 과감히 발표해 보는 것도 한 번쯤 연습 삼아 도전해 볼 만한 일이다. 주장의 근거를 확보하기 어려운 상황에서 최선의 노력을 다해 근거를 찾아내다 보면 평소에 무작정 받아들였던 요소들에 주목하게끔 하는 직관적 통찰력이나 창의적 사고력이 발현될 수도 있기 때문이다.

　이런 기본 원칙을 바탕으로 발표 주제를 선택할 때 참고할 만한 조건들을 정리하면 다음과 같다.

- 찬반의 견해 차이가 뚜렷하여 논쟁이 될 수 있는 주제이어야 한다.

- 발표할 만한 가치가 있는 의미 있고 중요한 주제이어야 한다.

- 우리 현실과 관련된 시의적절한 주제이어야 한다.

- 참신하고 흥미로운 주제이어야 한다.

　이런 원칙에 잘 부합하는 발표 주제를 몇 가지 소개하자면 다음과 같다.

- 노키즈존 설치가 정당한가?

- 사실적시 명예훼손죄를 폐지해야 하나?

- 소년법을 더 강화해야 하는가?

- 트랜스젠더의 일반 스포츠대회 출전을 허용해야 하는가?

- 국제 난민을 수용해야 하는가?

- 유전자 편집 아기의 탄생은 바람직한가?

함께하기

설명한 원칙에 잘 들어맞는 좋은 발표 주제를 함께 찾아보자.

(2) 좋은 논증 만들기의 실제

발표 주제를 정했다면, 이제는 그에 대해서 어떤 의견을 제시할 것인지 결정하고 그런 의견을 뒷받침하는 설득력 있는 논증을 만들 차례다. 전제와 결론으로 구성되는 논증의 구조를 분석하는 방법, 유형별로 좋은 논증을 만들기 위해 갖추어야 할 조건을 파악하여 해당 논증을 적절히 평가하는 기준과 방법, 일반적으로 논증에 사용해서는 안 되는 오류 기법 등에 대해서는 이미 앞의 여러 단원에서 충분히 설명하였다. 이제는 그러한 분석과 평가 방법을 적용하여 실제 발표 주제에 대한 자신의 주장을 논증적으로 구성하는 작업을 시도해 볼 것이다.

더 나은 이유 찾기의 여정

설득을 위한 로고스 차원의 기술에 해당하는 좋은 논증 만들기는 결국 상대가 내 주장을 받아들일 수밖에 없게 만드는 좋은 근거, 최선의 이유를 찾아내는 데 달린 문제이다. 좋은 논증을 구성하려는 시도에서 우선 우리에게 요구되는 기본적인 마음가짐과 태도가 무엇인지 잘 보여 주는 방법론 중 하나로 흔히 산파술이라고도 부르는 소크라테스적 방법에 대해 알아보자.

소크라테스적 방법의 특징은 특정 주장의 이유를 묻고 제시된 답변에 또다시 이유를 따지는 과정을 계속 이어 나간다는 것이다. 예를 들면, 플라톤의 대화편『향연』을 보면 소크라테스적 방법의 특징을 분명하게 확인할 수 있다. 그날 토론 주제에 관하여 발언에 나선 총 7명의 발언자 가운데 유일하게 소크라테스만이 질문과 대답의 방법을 사용하여 상호 간에 특정 주장들을 정당화하는 이유를 따져 묻고 소명하는 과정을 거친다. 다른 대화편인 『에우티프론』에는 산파술이 사용되는 또 다른 전형적인 사례가 등장한다.

이 대화편에서 소크라테스의 대화 상대로 등장하는 에우티프론은 노예를 죽인 불경한 행동을 저지른 아버지를 관에 고발해야 마땅하다고 주장한다. 이에 대해 소크라테스는 지금 소개한 소위 소크라테스적 방법, 즉 산파술을 이용해서 그 주장의 정당성을 따지기 시작한다. 그 대화를 압축하면 다음과 같다.

> **소크라테스**: 당신이 생각하는 경건과 불경의 보편적 기준이 무엇인가?
>
> **에우티프론**: 아버지일지라도 사람을 죽인 자를 벌하는 것이 경건이다.
>
> **소크라테스**: 그것은 경건의 의미가 아니라 경건의 사례이므로 적절한 답변이라고 할 수 없지 않은가?
>
> **에우티프론**: 신의 사랑을 받지 못하는 행동은 불경한 것이다.
>
> **소크라테스**: 신들 사이에서도 사랑하는 것에 불일치가 있을 수 있지 않은가?
>
> **에우티프론**: 단 한 명의 신이라도 사랑하지 않는 행동이라면 불경을 저지른 것이다.
>
> **소크라테스**: 그렇다면 결국, 신이 사랑하기 때문에 경건한 것이 아니라 오히려 경건한 행동이기 때문에 신이 사랑하는 것일 수도 있지 않은가?

이후로도 에우티프론은 계속되는 추궁에 경건이란 신에 대한 보살핌, 신에 대한 봉사, 신에게 바치는 예물과 예배 등을 의미한다고 답변하지만 결국 소크라테스를 만족시키지 못하고 더는 소크라테스의 질문과 반론을 견디지 못한 채 내빼면서 대화가 종료된다.

이러한 소크라테스적인 방법을 적용할 때 소크라테스가 그랬던 것처럼 반드시 실제 상대를 앞에 놓고 대화와 토론을 수행해야 하는 것은 아니다. 그리고 그것이 지금 발표를 준비하는 단계에서 이 방법을 사용하는 요점이다. 이 대화의 상대는 실제로 나 자신일 수 있다. 나의 내면에서 또 다른 나를 상대로 가상의 대화를 진행하는 것이다. 내가 일방적으로 이유를 추궁하는 쪽이라고 생각해서도 안 된다. 누군가가 내 주장에 대해서 어떤 식으로 문제를 제기할지, 이유를 대라고 어떻게 추궁해 올지 생각하면서 역할을 바꿔 대화와 토론을 수행할 수도 있다.

이는 다른 말로 하면 나 자신을 상대로 '이유를 묻고 제시하는 게임'을 수행하는 것이다. 어떤 주장의 의미와 이유를 묻고 제시하는 게임은 곧 그 주장을 옹호할 수 있는 최선의 이유를 확인해 나가는 과정과 부합한다. 이 게임의 규칙은 간단하다. 한마디로, 끊임없이 "왜?"라고 자문하고 스스로 답하고 스스로 그 답변을 평가하고, 또다시 "왜?"라고 묻는 것이다. 이를테면, 주장의 언어적 의미나 용어 정의가 불명료하다거나, 근거로 내세운 이유가 불충분하다고 느껴진다거나, 지금 제시된 주장이 어떤 실질적 함의를 갖는지 궁금하다거나 등등 조금이라도 성에 차지 않는 부분이 있다면 끈덕지고 집요하게 이유를 따져 묻고 그 대답을 찾아보는 것이다.

이 게임은 언제 끝나게 될까? 이유를 묻고 제시하는 게임의 종료는 곧 최선의 이유를 확보했음을, 즉 지금보다 내 주장을 뒷받침하는 데 더 나은 이유는 없음을 뜻한다. 합리적인 사람이라면 더는 이유를 따지며 도전할 리가 없겠다는 상태, 다른 말로 하자면, 억지를 부리지 않는 한 더는 "왜?"라는 질문을 합리적으로 제기할 수 없는 상태에 도달하면 이 게임은 종료된다. 하지만 이 상태는 늘 잠정적이다. 합리적인 문제 제기가 가능해지는 순간, 최종적으로 발표 준비가 완료되기 전까지 언제든 이 게임은 재개될 수 있다.

이 게임을 제대로 수행하기 위해서 요구되는 기본 태도와 정신적 도구는 다음과 같다. 각 항목의 구체적인 내용은 이미 앞 단원들에서 공부했으니 간단하게만 정리해 본다.

- 모든 가능한 기회마다 끊임없이 "왜?"라는 질문을 던지는 능동적인 태도를 유지한다.

- 절대적 진리를 찾는 대신 편견, 선입견, 고정관념 등을 배제한, 객관적으로 최선이라 할 수 있는 결과를 추구한다.

- 적극적으로 지식 정보를 추구하고 다방면으로 축적된 지적 소양을 최대한 활용한다.

- 언어 사용이 단지 표현의 도구일 뿐이라는 전근대적인 사고방식에서 탈피하여 언어 표현의 의미를 지배하는 규칙들을 섬세하게 관찰한다.

- 논리적인 추론 법칙 및 추론의 기본 요소들을 충분히 공부하고, 특히 논리적 사유의 바탕을 이루는 논리적 함축, 일관성, 모순 개념을 잘 이해하고 활용한다.

평소에 연습 삼아 '무조건 반대 이유 찾기 게임' 같은 것을 해 보는 것도 이런 마음가짐과 태도를 기르는 데 도움이 될 수 있다. 사회 통념상 '도전'하지 않기로 되어 있는 명명백백한 명제나 상식적인 주장을 '이유를 묻고 제시하는 게임'의 주제로 삼아, 의도적으로 반대 이유를 제기해 보는 것이다. 예를 들면 다음과 같은 주장들이 사례가 될 수 있다.

'공공시설물을 내 것처럼 소중히 여기자.'

'모든 인간은 평등하다.'

'모든 생명은 귀중하다.'

'부모에게 효도해야 한다.'

'친구들과 사이좋게 지내야 한다.'

이런 주장들에 반대할 만한 이유를 찾으려 노력하다 보면 그 일이 전혀 쉽지 않다는 것을 금방 느끼게 될 것이다. 대부분 사람이 받아들이는 사회적 통념의 강고함이 반대 이유 찾기의 어려움과 비례한다는 것을 알게 되는 것이다. 그러면서도 그런 과정에서 사람들이 흔히 별생각 없이 받아들이는 통념들에도 허점이 있을 수 있고, 사회적으로 명백한 합의가 없는 많은 전제가 별 저항 없이 가정되어 있다는 것, 그래서 더 깊고 철저하게 생각해 나가다 보면 합리적인 반대 이유를 찾아낼 수도 있다는 점 또한 깨닫게 된다.

자, 그럼 이유를 묻고 제시하는 게임에 뛰어들 마음을 단단히 먹고,

이제부터 실제로 좋은 논증을 구성해 나가는 과정을 차례차례 검토해 보자.

다음과 같은 발표 주제가 정해졌다고 하자.

> 나무꾼이 산에서 나무를 하다가 연못에 도끼를 빠뜨렸다. 연못에 앉아서 울고 있을 때, 산신령이 나타나 우는 사연을 물었다. 사연을 들은 산신령은 금도끼와 은도끼를 가져와서 이것이냐고 물었다. 그런데 나무꾼은 자신의 도끼는 쇠도끼라고 정직하게 말했다. 나무꾼의 정직함에 감탄한 산신령은 금도끼와 은도끼를 모두 선물로 주었다. 한편, 이 이야기를 전해 들은 이웃의 욕심쟁이 나무꾼이 정직한 나무꾼의 흉내를 내면서 일부러 자신의 도끼를 연못에 빠뜨리고 우는 척했다. 욕심쟁이는 산신령이 나타나 금도끼와 은도끼를 가져오자 둘 다 제 것이라고 대답하였다. 산신령은 크게 노하여 벌을 내렸다. 그러자 이 모든 이야기를 들은 또 다른 욕심쟁이 나무꾼이 산으로 가 일부러 도끼를 연못에 빠뜨리고 우는 척했다. 산신령이 나타나 금도끼와 은도끼를 가져와 묻자 그는 자기 것은 쇠도끼라고 정직하게 말했다.
>
> **발표 주제:** 산신령은 이 세 번째 나무꾼에게 선물을 주어야 할까?

주제 분석

주제에 관하여 제일 먼저 확인해야 할 것은 이 주제가 어떤 형태의 답변을 원하는지 파악하는 것이다. 그래야 그에 적합한 주장을 내놓고 논증을 구성할 수 있다. 답해야 할 문제의 성격은 다음과 같이 구분할 수 있다.

a. 사실문제: 사실문제는 참 거짓 여부에 관한 판단을 요구하는 문제이다. 이

를테면, 천체 운동에 관한 문제에 대해 천동설을 주장하는 사람과 지동설을 주장하는 사람은 각기 서로 다른 사실 판단을 제시하고 자신의 주장은 '참'이며 상대방의 주장은 '거짓'이라고 말할 것이다. 이런 사실 판단에 대해서 '좋다', '나쁘다', '선하다', '악하다' 등과 같이 평가하는 것은 적절치 않다. 우리의 언어 사용 습관에서는 '참'이나 '거짓'을 선악의 개념이 담긴 가치 판단의 용어로 사용할 때도 흔히 있지만, 엄밀히 말해 주장의 진위를 판단하는 것과 그런 진위의 가치를 평가하는 것은 다른 문제다. 법정에서 검사와 변호사는 전형적으로 사실 판단을 놓고 다툰다. 그들은 '아무개가 살인을 저질렀느냐 아니냐'에 관심이 있을 뿐 그것이 좋은 행위인지 아닌지를 판단하지 않는다.

b. 가치문제: 가치문제는 선악에 관한 판단을 요구하는 문제이다. 즉, 이것이 옳다거나 그르다고 기술하는 형태로 된 답변을 요구한다는 것이다. 인간적 영역과 별개로 자연 자체도 가치를 지닌다고 주장하는 사람들이 있지만, 일반적으로 선악의 판단은 주로 인간의 행위와 관련된 것으로 받아들여진다. '안락사는 바람직한가?' '일본이 욱일기를 사용하는 것은 옳은 일인가?' 등과 같은 문제들이 가치 판단을 요구하는 문제에 해당한다. 법정에서 검사와 변호사가 사실의 진위를 놓고 다툰다면, 판사는 사실 여부를 최종적으로 판단하고 더불어 그렇게 결정된 사실에 대해 가치 판단을 하고, 그것이 어느 정도 나쁜 것인지를 판단하여 그에 합당한 처벌을 내린다.

c. 개념문제: 개념문제는 단지 단어의 사전적 의미가 아니라 말의 개념적 역할, 즉 말의 쓰임새와 사용 원칙, 그 말의 사용을 둘러싼 가정과 함축의 논리에 관한 답변을 요구하는 문제이다. 이 문제에 제대로 답하려면 단어의

의미를 심충적으로 고찰하고 논리의 명료화를 시도하고, 주변 개념들의 뒤엉킨 의미들을 정돈하여 소위 개념 지도를 그려내야 한다. 개념문제만 그 자체로 주어질 때도 있지만, 실제로는 사실, 가치, 당위를 묻는 다른 유형의 문제가 주어질 때 그 문제에 답하기 위해 해결해야 할 선행 문제가 되는 경우가 많다. 예를 들면 '안락사는 바람직한가?'라는 질문에 대해 '안락사'라는 개념에 대한 선행하는 분석 없이 제대로 답변하기란 어렵다.

d. 당위문제(혹은 정책문제): 당위문제는 어떤 행위를 해야 하는지 말아야 하는지에 관한 답변을 요구하는 문제로서, 가장 흔히 논쟁의 대상이 되는 문젯거리이다. 당위문제는 기본적으로 사실 판단과 가치 판단을 전제로 이루어질 수밖에 없다는 점에서 파생적인 성격을 띤다. 다짜고짜 무엇을 해야 한다고 주장할 수는 없는 노릇이다. 사실이 이러러하다는 판단이 필요하고, 그것에 대해 좋다 나쁘다는 가치 판단이 이루어질 때 비로소 무엇을 해야 하는지 주장할 수 있게 된다. 예를 들어, '우리나라에서 경제 양극화 문제를 시급히 해소해야 하는가?'라는 문제에 대해 '그래야 한다'라거나 '그러지 않아도 된다'라는 답변을 적절히 제시하려면 우리나라 경제 양극화에 대한 사실 판단 및 그에 대한 가치 판단이 선행되어야 할 것이다. 여기에 개념문제가 함께 개입할 때도 흔하다는 점을 고려할 때, 실제로 당위문제에 답변을 제시한다는 것은 모든 문제 영역에 대한 고려가 함께 이루어져야 한다는 것을 의미한다.

이런 분류 기준에 비추어 볼 때, '산신령은 이 세 번째 나무꾼에게 선물을 주어야 할까?'라는 질문은 어떤 형태의 답변을 요구하는 문제인가? 확실히 이 주제는 산신령이 어떤 행동을 해야 하는가에 관한 당위 판단을 요구한다. 하지만 더 깊게 분석해 보면, 최종 답변의 형태는 '주어야 한다'라거나 '주지 말아야 한다'가 되더라도, 실제로는 그런 결론의 배후에 있는 사실 판단과 가치 판단이 매우 결정적인 요소가 된다는 것을 알 수 있다.

이 주제는 우리가 잘 아는 전래 동화 '금도끼 은도끼' 이야기를 변형한 것이다. 원래 이야기는 두 번째 욕심쟁이 나무꾼이 금도끼와 은도끼가 자기 것이라고 거짓말을 해서 산신령에게 벌을 받는 것으로 끝난다. 이 이야기의 아쉬운 점은 이야기가 전개되는 과정에서 나무꾼이 못된 심보를 가졌다는 것을 강조하면서도 정작 산신령의 벌은 그의 거짓말에 대한 응징으로 주어진다는 것이다. 그래서 지금의 변형된 이야기는 세 번째 나무꾼을 등장시켜 행위자의 의도 자체가 선악을 판단하는 기준이 될 수 있다고 생각하는지에 관한 전통적인 물음을 다시 한번 명확하게 사람들에게 묻고 있다.

	의도	행동	산신령의 보상
나무꾼 1	?	정직	○
나무꾼 2	나쁨	부정직	×
나무꾼 3	나쁨	정직	?

이렇게 표로 정리해 놓고 보면, 산신령이 일관되게 행동한다는 전제 아래 3번 나무꾼에게 산신령이 선물을 주어야 할지 말아야 할지

는, 1번 나무꾼의 의도가 무엇인지 알 수 없다는 점과 산신령이 2번 나무꾼을 벌한 이유가 그의 나쁜 의도 때문인지 아니면 나쁜 행동 때문인지 알 수 없다는 점에 관한 사실 판단을 전제로, 결국 선악의 가치 판단 기준을 어디에 두느냐에 달린 문제라는 것을 알 수 있다. 그렇다면 그런 여러 가지 판단을 제대로 내리기 위해 어떤 근거를 어떤 방식으로 확보해야 할까? 이제, 본격적으로 논증 구성 작업에 나설 차례다.

함께하기
사실문제/가치문제/개념문제/당위문제의 간단한 사례를 각각 하나씩 만들어 보자.

근거 자료 수집과 평가

어떤 주제를 다루더라도 논증을 만들어 내는 전 과정이 순전히 내 머릿속에 들어 있는 지식과 신념만으로 이루어질 수는 없다. 설령 내가 아는 지식만으로 충분히 논증을 구성할 수 있다고 하더라도, 추가적인 자료 확보를 통해 내가 제시한 근거의 객관성과 신뢰성을 높임으로써 내 논증을 한층 더 설득력 있고 강하게 만들 수 있다. 따라서 좋은 논증을 만들어 내려면 논증을 만드는 데 필요한 자료 수집에 충실히 나서야 한다.

a. 인터넷 자료: 오늘날 인터넷을 통해 정보를 수집할 수 있게 된 것은 어떻

게 보면 우리에게는 축복과도 같은 일이다. 인터넷 검색은 정보를 수집하는 가장 빠르고, 손쉽고, 강력한 방법으로서 가장 일상화된 수단이 되었다. 하지만 그런 크나큰 장점이 있는 만큼 인터넷에서 근거 자료를 확보하고자 할 때는 주의해야 할 점들도 많다. 무엇보다 중요한 것은 출처의 신뢰성이다. 인터넷에 올려진 정보는 대부분 별도의 검증 과정을 거치지 않은 것들이다. 그것이 인터넷이 그야말로 만인을 위한 자유로운 소통 창구가 되는 근본적인 이유이기도 하지만, 그런 만큼 인터넷에 가짜뉴스와 온갖 '쓰레기' 정보들이 난무하게 된 원인이기도 하다. 따라서 인터넷 자료를 활용하려는 사람은 동시에 그 자료의 검증자 역할도 함께 수행해야 한다. 특히 권위나 전문성이 확인되지 않은 개인 블로그나 웹페이지의 정보를 다룰 때는 더욱 조심해야 하며, 다중적인 검증이 필요하다. 검색 포털을 이용해서 정보를 검색할 때는 자료의 게시일자를 확인하는 것이 중요하고, 검색 정보 자체가 상업적으로 오염된 것일 수도 있음을 염두에 두어야 한다.

b. 전문 학술 자료: 요즘은 인터넷을 통해서 논문이나 연구 보고서 같은 전문 학술 자료를 수집할 수 있다. 전문 학술 자료 중에서는 무료로 구할 수 없는 것들도 있다. 그런 유료 자료들까지 손쉽게 구할 수 있는 훌륭한 방법은 공공 도서관을 이용하는 것이다. 학교 도서관 홈페이지에서 전자 정보 제공 창구를 이용해 각종 고급 자료를 무료로 내려받을 수 있다. 공인된 다양한 연구 기관에서 발표한 연구 보고서를 활용하는 것도 좋은 방법이다. 특히 공공기관에서 발표한 자료라면 그 신뢰성은 검증된 것이라고 할 수 있다.

c. 일차 원전 자료: 일차 원전 자료도 특정 대목만 요점 정리된 형태로 인터넷을 통해 입수하는 것이 가능하다. 하지만 그렇게 발췌된 내용을 활용하는

데 그칠 것이 아니라, 실제 원전에서 근거로 활용할 만한 내용을 직접 찾아보는 것도 시도해 볼 만한 일이다. 그것은 혹시라도 왜곡된 원전 자료를 잘못 인용하게 되는 실수를 줄여 줄뿐더러 그런 자료를 토대로 구성한 논증 자체에 대한 신뢰성과 무게감을 더해 줄 수 있다. 예를 들면, 지금 우리에게 주어진 예시 주제에 대해 논증을 구성하려면 여러 가지 윤리 이론들에 대한 자료가 필요하다. 그럴 때 칸트, 벤담, 밀 같은 철학자의 고전 원전을 읽어보고 참고 자료로 활용한다면, 바로 그런 효과를 얻을 수 있을 것이다.

d. 숫자로 된 자료: 통계 자료로 대표되는 계량화된 자료를 확보하는 것은 논증의 설득력을 높이는 데 특히 중요한 요소이다. 사람들은 계량화된 근거 앞에서 설득당하기 쉽다. '우리 주변에서 경제적으로 고통받는 약자들을 많이 보게 된다.'라는 식의 진술만 제시하는 것보다는 경제적 약자의 객관적 기준이 무엇이고, 그들이 정확히 어떤 고통을 어떤 강도로 받고 있는지 수치화된 자료를 제공할 수 있다면 더 좋을 것이다. 막연히 '주변에 많다'가 아니라 경제적 약자의 비중에 관한 정확한 통계 수치를 제공하는 것이 당연히 설득력을 높여 줄 것이다. 이런 수치화된 자료를 수집할 때는 특히 더 출처의 신뢰성과 수치의 정확성에 주의를 기울여야 한다. 계량화된 자료는 강력한 위력을 발휘하는 것만큼이나 혹시라도 수치상의 오류가 발견되거나 출처의 공신력에 문제가 발생했을 때 만회하기 어려운 설득력 손상을 불러올 수 있기 때문이다.

e. '인상적인' 자료: 근거로 활용할 수 있는 자료는 말로 된 이론적이고 추상적인 것들만 있는 것은 아니다. 사진, 동영상, 그래프, 표, 도식 등 강한 인상을 심어줄 수 있는 여러 가지 형태의 시청각 자료들도 얼마든지 근거로

삼을 수 있다. 더불어, 사람들이 흥미를 느낄만한 역사적 사실이나 재미난 에피소드 같은 것들도 적재적소에 활용하면 큰 효과를 거둘 수 있는 매우 유용한 자료들이다.

결론의 확정과 논거의 구성

이제 발표 주제에 대해 나의 결론, 즉 최종 주장을 결정할 때가 되었다. 물론 이것은 순전히 논리적인 순서상 그렇다는 말이다. 논리적인 순서로만 말하자면, 결론이란 근거로부터 따라 나오는 최종 귀결이기 때문이다. 하지만 현실적으로는 발표 주제를 결정할 때 이미 결론을 마음에 두고 있는 경우가 대부분일 것이다. 또, 교육 목적으로 수행하는 발표 실습에서는 발표 주제뿐 아니라 찬반 입장까지도 미리 지정되는 경우가 흔하다. 그리고 실은 자료 수집 자체도 결론을 미리 염두에 두고 진행하는 것이 더 효율적일 수 있다. 어쨌든 주제 분석과 근거 자료 수집이 끝난 시점에서는 자신의 주장을 정해야 한다, 혹은 정해져 있어야 한다.

어떤 결론을 주장할지 결정했다면, 그다음은 지금까지 수집한 자료를 토대로 내 주장을 지지해 줄 구체적인 논리적 근거, 즉 논거를 추출하는 작업을 해야 한다. 논증의 좋은 근거가 될 수 있는 기본 조건에 대해서는 앞 단원들에서 자세히 설명한 바 있다. 그런 기본 조건을 다음과 같은 조금 더 실전적인 원칙들로 바꿔 진술해 보자.

a. 논거는 사실(fact)에 근거해야 한다. 달리 말하자면, 거짓을 근거로 제시해

서는 안 된다. 너무도 당연한 말이지만 거짓 근거는 어떤 경우도 결론을 뒷받침할 수 없다. 거짓 근거가 사용되었다는 것 자체가 나쁜 논증의 결정적 지표이다. 의도적으로 거짓 자료를 근거로 삼는 것이야 말할 것도 없지만, 문제는 사실 검증을 소홀히 하는 바람에 의도치 않게 거짓이 근거로 제시되는 경우다. 예를 들면, 본인이 정확히 이해하지 못한 난해한 이론을 근거로 활용할 때 자칫 객관적 사실과 다른 내용을 언급함으로써 논증의 약점을 노출하는 경우가 생길 수 있다. 논증의 근거로 삼을 내용이라면 늘 철저한 사실 확인이 필요하다.

b. 논거는 적절성(relevance)이 있어야 한다. 즉, 자신이 지지하고자 하는 결론과 분명한 관련성이 있어야 한다. 아무리 사실로 확인된 자료라도 결론을 지지하는 데 실질적으로 무관하다면 아무 소용이 없다. 예를 들면, 당위적인 주장을 옹호하기 위해 무작정 사실적 근거를 제기하는 것이 그런 경우다. 산신령이 선물을 주어야 한다고 주장하면서 설문 조사 결과 많은 사람이 그렇게 답했다는 통계 자료를 제시한다고 해 보자. 선물을 주어야 한다고 생각하는 사람이 많다는 '사실'이 선물을 주어야 한다는 '당위'를 정당화할 수 있는 걸까? 추가 가정이나 가치 판단이 함께 주어지지 않는 한 그런 사실 자체가 '적절한' 근거가 된다고 보기는 어렵다. 형식 논리의 관점에서는 결론과 무관한 전제 즉, 결론이 참임을 입증하는 과정에서 전혀 사용되지 않는 전제가 있다고 해도 그것이 딱히 논증에 부정적인 영향을 미치는 일은 없다. 하지만 현실적인 논증에서는 사정이 다르다. 적절성이 떨어지는 논거를 제시하게 되면, 참으로 받아들여지기 어려운 무리한 가정을 추가로 할 수밖에 없는 경우가 생기기도 한다. 예를 들면 지금 사례의

경우 '다수가 동의하는 의견은 옳다'라고 하는 소위 군중에 호소하는 오류를 허용할 위험성이 생기는 것이다.

c. 논거들은 일관성(consistency)이 있어야 한다. 달리 말해서, 주장을 지지하는 근거로 제시한 논거들이 적어도 서로 모순됨 없이 양립할 수 있어야 한다. 예를 들면, 모든 행위의 선악 판단 기준이 그 행위자의 의도에 있다고 하면서 동시에 어떤 경우는 의도와 상관없이 행위의 선악을 판단할 수도 있다는 식의 논거를 함부로 제시해서는 안 된다. 이 두 주장은 모순적이기 때문이다. 논거들 사이에서 모순이 발견되는 것은 치명적인 문제점을 노출하는 것이므로 철저한 점검이 필요하다.

d. 논거들은 그럴듯하고(plausibility), 이해할 만하고(intelligibility), 친숙성(familiarity)이 있는 것이어야 한다. 논거들은 사실이어야 한다. 즉, 거짓이 아니고 참이어야 한다는 것이다. 그 논거가 사실이라는 것을 어떻게 알 수 있나? 논증에서 논거로 사용했다고 해서 저절로 사실이 되는 것은 아니다. 그렇다면 그 논거가 참인지 아닌지에 관한 입증이 이루어져야 할 것이고 그러려면, 그 논거가 참임을 뒷받침할 근거를 또 대야 할 것이다. 그리고 그 과정은 무한히 퇴행할 수 있다. 그런 측면에서 누가 봐도 추가적인 의문 제기가 없을 정도로 그럴듯하고, 이해할 만한 논거를 제시할 수 있다면 최선이다. 그리고 그런 성격의 논거라면 낯설거나 기이한 것이 아닌 우리에게 친숙한 내용을 담게 될 것이다. 낯선 논거라면 당연히 그것의 진실성에 대한 문제 제기가 이루어질 것이기 때문이다.

e. 논거들은 궁극성(finality)을 지녀야 한다. 즉, 자신이 지금 제시한 근거보다 더 나은 근거는 없어야 한다. 지금보다 더 나은 근거가 있다는 것은 지금

논증이 최선이 아니라는 뜻이며 나의 탐구가 철저하고 성실하지 않았다는 말이 된다. 달리 말해, 이유를 묻고 제시하는 게임을 충실하게 수행하지 않았다는 것이다. 나의 능력이 닿는 한에서 최선을 다해 수행한 탐구의 결과물로서 내가 제시한 논거들에 대해 적어도 나는 그것보다 더 나은 이유는 없다는 확신을 가질 수 있어야 할 것이다.

—Matthew Lipman 외, *Philosophy in the Classroom*

최종 논증 구성

이렇게 해서 드디어 발표의 골자, 즉 로고스라고 할 수 있는 나의 논증을 완성하는 최종 단계에 이르렀다. 여기서 완성된 논증이란 텍스트 분석을 통해 재구성해 낸 논증의 형태를 띤다고 생각하면 될 것이다. 어차피 이 논증은 발표문에 용해되어 들어갈 것이므로 완성된 글쓰기처럼 보기 좋은 형태를 띠어야 한다고 생각할 이유는 없으며, 결론을 뒷받침하는 논거로 어떤 근거를 제시할 것인지 명확하게 나열하는 것이 중요하다.

예를 들면, 지금 사례에 대해서 산신령이 세 번째 나무꾼에게 선물을 주어야 한다고 주장하는 논증을 다음과 같이 구성해 볼 수 있을 것이다.

> **주장: 산신령은 세 번째 나무꾼에게 선물을 주어야 한다.**
>
> **근거:**
>
> 1. 산신령이 선악을 판단하는 기준에는 겉으로 드러난 행동에 대한 평가가 포함된다.

2. 산신령이 앞선 두 나무꾼에 대해 상벌을 판단할 때 실제로 그들의 의도를 고려했다고 단정할 수 있는 근거가 없다.

3. 일반적으로 행위자의 의도를 선악의 판단 기준으로 삼는 것은 바람직하지 않다.

  3-1. 의도는 사유의 영역에 속하는 것이며 누구나 생각의 자유를 침해받지 않을 권리가 있다.

  3-2. 생각은 행동으로 이어지지 않는 한 타인에게 어떤 피해도 일으키지 않는다.

  3-3. 실제 의도가 무엇이었든 좋은 결과를 낳을 수 있는 행동을 굳이 비난할 이유는 없다.

  3-4. 의도를 정확히 파악하는 데는 인식적인 한계가 있다.

  3-5. 벤담, 밀 등이 체계화한 공리주의 윤리 이론이 이런 관점을 지지한다.

  3-6. 현대 사회의 특성상 공리주의적인 윤리관이 더 적절하다.

4. 윤리적으로 살기 위해서는 누구나 도덕적으로 일관성이 있어야 한다.

  4-1. 동일한 행동을 한 두 사람을 도덕적으로 다르게 대우하는 것은 공평하지 않다.

  4-2. 공평하지 않은 행동을 한다면 도덕적으로 일관성이 없는 것이다.

  4-3. 도덕적으로 일관되지 않게 행동하면 사람들의 존중을 받지 못한다.

5. 첫 번째 나무꾼과 세 번째 나무꾼은 의도가 차이가 있을 수 있으나 겉으로 드러난 행동에서는 차이가 없다.

함께하기

1. 지금 절에서 제시된 발표 주제에 대해서 '산신령은 세 번째 나무꾼에게 선물을 주어서는 안 된다'라는 주장을 옹호하는 논증을 구성해 보자.

2. 앞 절에서 사례로 제시한 여러 발표 주제에 대해서 자신의 주장을 옹호하는 좋은 논증을 구성해 보자.

2) 어떻게 발표할까

무엇을 발표할 것인지가 준비되었다면, 이제 어떻게 발표할지 고민할 차례다. 같은 말을 해도 귀에 쏙쏙 들어오게 하는 사람이 있고, 한참 들어도 무슨 말을 했는지 잘 알아들을 수 없게 하는 사람도 있다. 설득의 효율성 차이다. 내가 마련한 논증을 어떻게 잘 꾸며서 효과적으로 전달할 것인지 그 구체적인 방법들을 살펴보자.

(1) 발표의 방법

발표를 실행하는 방법에는 크게 암송·낭독·메모·즉흥 스피치가 있다. 즉흥 스피치를 제외한 나머지 경우는 사전에 발표문을 작성한다. 암송 스피치는 발표문을 통째로 외워서 발표하는 방식이고, 낭독 스피치는 발표문을 소지하여 그대로 읽어 나가는 방식이다. 메모 스피치는 일반적으로 사람들이 가장 선호하는 방식으로 간단한 인사말에서부터 강의·설교·브리핑·수업 시간의 발표 등 여러 가지 형태의 발표 기회에서 다양하게 응용된다. 이것은 완성된 발표문 내용을 요점 정리한 개요서, 즉 메모지를 들고 발표를 수행하면서 필요에 따라 자유롭게 세부 사항을 부연 설명해 가며 발표하는 방식이다.

세 방식의 장단점은 다음과 같이 정리해 볼 수 있다.

방식	장점	단점
암송	• 발표문이나 메모지의 소지가 허용되지 않거나 곤란한 발표 여건에 대처할 수 있다. • 긴 발표문을 완벽하게 외운다는 것 자체가 발표자의 암기력, 성실성, 집중력을 보여 준다.	• 발표문을 암송하는 데 많은 시간과 에너지가 소모된다. • 낯선 환경, 낯선 청중 앞에서 발표할 때 암기한 내용이 갑작스레 생각나지 않을 수 있다. • 청중의 반응에 대해서 융통성 있게 임기응변의 대응을 하기 어렵다.
낭독	• 일단 발표문이 준비되고 나면 추가로 발표 실행을 준비하는 데 많은 시간과 에너지가 필요하지 않다. • 발표 내용이 누락될 일이 없고, 원래 준비했던 내용 그대로 세세하고 정확하게 전달할 수 있다. • 문장 하나하나가 중요한 의미를 지닌 외교 성명 발표, 정치인이나 기관장의 정책 발표, 학술 세미나 등에서 청중의 반응보다 일단 자신의 의사를 정확하게 표명하는 것이 더 중요할 때 활용할 수 있다.	• 자연스럽지 않은 경직된 발표가 될 수 있고, 청중은 마치 연기력이 떨어지는 배우를 보는 것 같은 느낌을 받을 수 있다. • 청중과의 시선 교환이나 시시때때로 변할 수 있는 발표장 분위기를 파악하는 데 어려움이 있다. • 청중이 수동적인 청취자에 한정되는 인상을 주어서 흥미를 반감시킬 수 있다.

| 메모 | • 청중을 마주하고 시선을 맞추며 교감하는 데 유리하고, 마치 청중과 대화하듯 자연스럽게 발표할 수 있다.
• 암기의 부담, 누락의 우려, 낭독의 어색함을 모두 피할 수 있다.
• 청중의 분위기 변화에 따라 세부 사항을 적절히 변경해 가면서 임기응변할 수 있다.
• 이런 방식의 발표 경험을 축적해 나가면서 실제로 소통 역량의 함양을 기대할 수 있다. | • 고정된 발표문을 사용하지 않으므로 경험이 부족한 발표자가 실행하기에 쉽지 않다.
• 메모 작성에 관한 충실한 선행학습이 필요하며 실제로 메모를 꼼꼼히 작성하고 충분히 예행연습을 해 봐야만 좋은 성과를 낼 수 있다는 점을 고려할 때, 준비에 많은 시간과 에너지가 소모된다. |

즉흥 스피치는 사전에 준비된 발표문이 없는 즉석연설에 해당한다. 일상생활에서 공식 순서에 없는 간단한 축사, 건배사, 수상 소감, 격려사 등을 부탁받았을 때 별다른 준비 없이 즉석에서 실행한다. 하지만 외견상 즉흥 스피치로 보이더라도 실은 미리 준비한 내용을 염두에 두고 실행하는 경우가 많다. 그렇더라도 미리 준비한 것을 외워서 말한다는 티를 내지 말고 자연스럽게 전달해야 하며 시간은 짧게, 내용은 단순하게, 분위기는 가볍게, 전체적으로 자리를 밝게 띄우는 정도로 실행해야 한다.

소설 『삼국지연의』에서 조식의 「자두연두기(煮豆燃豆萁, 콩을 삶는데 콩깍지를 태운다는 뜻)」는 꼬투리를 잡아 자기를 죽이려는 친형 조비 앞에서 즉석으로 지정된 시제에 맞춰 일곱 걸음 만에 즉흥적으로 지은 시로 소개된다. 형제간에 벌어지는 골육상쟁을 우회적으로 비판한 이 즉흥시가 사람들의 마음에 불러일으킨 강한 울림에 급기야 살기등등하던 조비의 마음조차 흔들리고 만다. 이 시가 정말로 즉흥적으로 지어진 것인지는 모르겠지만, 어쨌든 이 정도 강력한 설득력이 있는 스피치를 즉석에서 수행할 수 있다는 것은 보통 능력으로 될 일은 아닐 것이다. 하지만 이런 천재성과 순발력이 설득력 있는 스피치를 위한 필요조건은 아니니 누구라도 실망할 일은 전혀 아니다.

콩을 삶는데 콩깍지로 불을 때니	煮豆燃豆其
콩이 솥 안에서 우는구나	豆在釜中泣
본래 같은 뿌리에서 나왔거늘	本是同根生
어찌 그리도 급히 삶아대는가	相煎何太急

(2) 발표문 쓰기

발표문을 쓰는 것은 단지 논증을 구성하는 것과는 다르다. 논증이 발표문의 로고스에 해당한다면, 실제 청중을 대상으로 한 연설 원고에 해당하는 발표문에는 그런 논증을 가장 효과적으로 전달할 수 있는 에토스와 파토스적인 기술들이 적용되어야 한다.

발표문 쓰기 준비

먼저, 발표문을 쓰기 위한 준비 개요를 작성해 본다. 전반적인 길잡이는 일반 글의 개요를 작성하는 것과 크게 다르지 않다. 발표문에 담아야 할 로고스, 즉 논증은 이미 준비되었다. 결국 발표문 개요의 작성은 이 논증을 어떻게 글로 풀어서 전달할 것인지 세부 작전 계획을 세우는 것이라 말할 수 있겠다.

발표의 목적·시간·청중 및 주변 상황을 충실히 고려하여 자신의 논증을 효과적으로 전달할 수 있는 아이디어를 조직하고 전체적인 틀을 구성해야 한다. 주제에 대한 간략한 소개, 그에 대한 논증 즉 자신의 주장과 근거, 근거를 돕기 위해 활용할 예시와 에피소드, (필요할 경우) 반대 근거들에 대한 비판, 그리고 시작하는 말과 끝맺는 말 등을 가장 효과적인 순서로 배치하면 될 것이다. 발표 시간이 한정되어 있으므로 논증 구성 과정에서 찾아낸 모든 근거와 예시를 발표문에 수록할 수는 없다. 따라서 그중에서 가장 설득력 강한 것들로 선별해야 한다. 발표자는 발표문의 개요를 준비함으로써 자신의 핵심적인 메시지가 잘 드러나도록 글감들이 합리적인 순서로 배열돼 있는지 미리 가늠해 볼 수 있다.

	발표문 준비 개요 예시
서론	• 주제 소개: 세 번째 나무꾼에게 산신령은 선물을 주어야 하는가? • 주장 소개: 산신령은 세 번째 나무꾼에게 선물을 주어야 한다. • 논의 배경: 논의 배경이 되는 새로운 금도끼 은도끼 이야기를 간략히 소개한다.

	• 핵심 논거: "'정직한 행동', '도덕의 판단 기준', '공평성'이라는 키 워드를 중심으로 간단하게 핵심 논거를 소개한다.
본론	• 근거 1. 산신령이 선악을 판단하는 기준에는 겉으로 드러난 행동에 대한 평가가 포함된다. [*이 주제의 배경이 되는 이야기에 대한 텍스트 분석을 수행] • 근거 2. 사람의 마음속에 있는 의도를 선악을 판단하는 평가 대상으 로 삼는 것은 적절하지 않다. [*유명 철학자의 주장을 인용하고 구체적 통계자료 제시] • 근거 3. 두 사람이 같은 행동을 했는데도 그 둘에 대해서 도덕적으 로 다르게 대우하는 것은 불공평한 일이다. [*공평성의 정의 제시] • 근거 4. 첫 번째 나무꾼과 세 번째 나무꾼의 행동은 다르지 않다. [*별도 단락을 구성하지 않고, 앞선 세 개의 근거 안에서 적절하게 분산하여 설명]
결론	• 요약: 앞에서 제시한 근거에 비추어 산신령은 세 번째 나무꾼에게 선물을 주어야 한다. • 결어: 좋은 의도를 가진 사람보다 실제로 좋은 행동을 하는 사람을 더 높게 평가해야 하지 않겠는가?

발표문 쓰기

준비 개요가 완성되면 이제 본격적으로 발표문 쓰기로 들어간다. 즉흥 발표가 아닌 이상 모든 발표는 완성된 원고를 바탕으로 이루어지는 것이므로 성공적인 발표를 위해서는 발표문 작성에 충분히 정성을 들여야 한다.

발표문 작성도 엄연한 글쓰기이므로 작문의 영역에 속한다고 볼수 있다. 일반적으로 권고되는 글쓰기의 길잡이들은 발표문을 쓸 때도 모두 고려해야 한다. 그러나 발표문은 일반 글과는 달리 '말'로 실행되므로 그 표현 방법에서 차이가 난다. 글을 읽는 독자는 몇 번이고 되풀이해서 읽을 기회가 있지만, 발표를 듣는 청중은 그럴 수 없다. 발표는 단 한 번의 말로 청중을 이해시키고 설득해야 한다. 그러기 위해서 발표문의 단어와 문장은 쉽고 분명해야 하며 구체적이고 생동감이 있어야 한다.

앞서도 말했지만, 발표문은 단순히 정보를 전달하는 것이 아니라 듣는 이를 직접 설득하려는 목적으로 쓰는 글이라는 점에서 설득의 정당성과 효율성을 갖추어야 한다. 설득의 정당성은 로고스, 즉 좋은 논증을 통해서 확보하는 것이라면, 설득의 효율성은 에토스와 파토스적인 측면, 즉 청중의 신뢰와 공감을 끌어내는 문제와 관련된다.

청중 앞에서 수행하는 발표의 특성상, 발표문에 대한 신뢰와 공감은 발표자가 현장에서 어떻게 전달하느냐와 별개로 논하기 어렵다. 다만 이 시점에서 기본적으로 몇 가지 점들을 고려해 볼 수 있다. 일단 글에서 주제를 가볍게 다루지 않았다는 진실성, 편견이나 고정관념에 휘둘리지 않았다는 공정성, 철저하게 주제를 분석하고 충실한 논거를 준비했음을 보여 주는 성실성, 제시한 논거의 깊이와 무게를 보여 줄 수 있는 전문성을 드러낼 수 있다면 청중의 신뢰성을 얻어 내는 데 큰 도움이 될 것이다.

한편 이런 측면에서 발표문에 방어적인 내용을 얼마나 많이 실을 것인지 고민해 볼 필요가 있다. 어떤 사람은 발표문을 작성하면서 청중이 마음속에 품고 있을 법한 가능한 반론들을 아예 미리 언급해서 사전에 무력화해 놓는 것이 청중을 설득하는 데 훨씬 더 유리하리라고 판단할 수도 있다. 그것이 에토스적인 측면에서 도움이 된다고 생각하는 것이다. 일리 있는 전략이지만, 주의할 점도 있다. 글 속에서 자기 논증이 반대 논거들과 뒤섞이게 되면 내 주장의 내용이 불명료해질 위험성이 있다. 또한 그런 식으로 방어적인 자세를 보이는 것이 자칫 청중에게 수세적인 모습으로 비칠 수도 있다. 따라서 이런 점들에 유의하여 적절한 수준에서 언급의 수위를 조절할 필요가 있다.

청중의 감정을 움직여 공감을 끌어내는 파토스적인 측면은 어떠한가. 공감이란 타인의 의견·주장·감정 등에 대해 자신도 그렇다고 느끼는 것이다. 이런 점에서 가장 먼저 떠오르는 방법은 묘사를 통해 감각을 자극하거나 서사를 통해 사건을 재현함으로써 청중의 상상력을 자극하는 것이다. 여기에 그런 파토스적인 측면이 극대화된 연설문 한 편을 소개한다.

'성 크리스핀 축일의 연설'이라고 불리는 이 연설은 백년전쟁이 한창 치열하게 치러지던 1415년 성 크리스핀의 날에 북부 프랑스의 아쟁쿠르에서 벌어진 중요한 전투를 앞두고 영국 국왕 헨리 5세가 전력의 열세로 인해 사기가 떨어진 영국 병사들 앞에서 행한 것처럼 묘사한, 실은 셰익스피어의 희곡 『헨리 5세』에 나오는 한 대목이다. 따라서 이 연설문은 셰익스피어가 얼마나 대단한 문장가인지를 새삼 깨닫게 해 주는 자료인 셈이다.

웨스트모어랜드(헨리 5세의 사촌): (헨리 5세에게) 본국에 남아서 아무 일도 하지 않고 있는 병사 중에서 만 명이라도 여기 있다면 얼마나 좋겠습니까?

헨리 5세: 그런 소리를 하는 사람이 누군가? 내 사촌인 웨스트모어랜드인가? 아닐세, 사촌이여, 만일 우리가 모두 전사해야 할 지경이라면 조국에 끼치는 손실은 우리만으로 족하네. 만일 승리하여 살아남게 된다면 우리 군대의 인원수가 적을수록 우리가 차지할 영예의 몫은 크게 마련이네. 신에게 맹세컨대, 한 사람의 병사도 더 바라지 말아 주게.

맹세코, 난 황금을 절대로 탐내지 않네. 그리고 나의 비용으로 누가 먹고 마시더라도 나는 상관치 않네. 또한 사람들이 나의 옷을 입더라도 상관없네. 그런 외면적인 것은 일체 내가 바라는 것이 아니네. 하지만 명예를 탐내는 것이 죄가 되는 것이라면 나는 이 세상에서 가장 큰 죄인일세. 그러지 말게, 진심일세, 사촌이여. 본국으로부터 한 사람도 증원을 바라지 말게.

신에게 맹세컨대, 내 바라기는 한 명이라도 인원이 많아져 내가 차지할 몫이 줄어들어 이 위대한 영광을 잃는 일이 절대로 없어야 하네. 오, 제발 한 사람도 더 바라지 말게. 오히려 웨스트모어랜드여, 내 군대에 이렇게 포고하게. 이 전투에 뛰어들 용기가 없는 자는 떠나거라. 그런 자들에게는 허가증을 발급해 주고 여비도 지급될 것이다. 우리는 우리와 같이 죽기를 두려워하는 자들과 같이 죽고 싶지 않노라.

오늘은 크리스핀의 축일이라 불리는 날이다. 이날 살아남아 무사히 고

국으로 돌아가는 자는 이날이 선포되고 크리스핀 성자의 이름을 들으며 깨어날 때 설레며 일어나리라. 그리고 오늘 살아남아 노년이 되는 자는 해마다 그 전야제에 이웃 사람들을 초대하여 "내일은 성 크리스핀 축일이요."라고 알리면서 옷소매를 걷어 올려 상처 자국을 보여 주며 이렇게 말하게 되리라. "이 상처가 바로 성 크리스핀 축일에 입은 상처요."

노인은 건망증이 심하지만, 다른 모든 것은 잊을지라도 그날 세웠던 공훈은 반드시 기억해 내리라. 그때엔 우리의 이름이 매일 쓰는 말처럼 사람들의 입에 오르게 되어 헨리 왕, 베드포드, 엑스터, 위윅, 탤버트, 샐리베리, 글루세스터 같은 이름들이 그들이 주고받는 술잔 속에 생생하게 되살아나게 될 것이다.

이 이야기는 아버지에게서 아들로 전달될 것이고, 크리스핀 축일은 오늘부터 세상의 종말까지 영원히 그날 우리를 기억하지 않고는 지나가지 않을 것이다. 소수 인원인 우리, 다행히도 소수인 우리는 모두 한 형제이다. 왜냐하면 오늘 나와 같이 피를 흘리는 사람은 모두 나의 형제가 될 것이기 때문이다.

그밖에 글의 전달 효과를 높이는 데 활용해 볼 만한 구체적인 길잡이들을 몇 가지만 추가로 소개하자면 다음과 같다. 이런 길잡이들은 발표문 준비 개요를 작성할 때부터 고려하면 좋지만, 로고스가 우선이라는 점은 늘 잊지 말아야 한다. 이것들은 내가 마련한 논증을 강화하여 설득력을 높이는 수단이라고 생각하는 편이 좋다.

a. 연민에 호소하기: 청중의 감정에 호소하는 전형적인 방법은 청중의 연민을 끌어내는 것이다. 하지만 청중의 성향이나 현 상태를 알지 못하는 상태에서 지나치게 감정적이거나 자극적인 언사는 오히려 역효과를 낳을 수 있다. 때로는 차분하게 사실을 있는 그대로 전달하는 것이 의외로 청중의 연민을 극대화하는 좋은 수법이 된다.

b. 권위 인용하기: 내가 제시한 주장과 근거가 나 말고도 저명한 다른 많은 인물이나 매체에서 동의하는 것들임을 언급하는 것은 설득력을 높이는, 사실상 필수적인 요소이다. 신뢰성, 공평성, 전문성, 성실성, 대중성, 역사성, 대표성을 지닌 권위자를 복수로 인용하는 것이 바람직하다.

c. 전통과 선례 인용하기: 누가 들어도 이해할 수 있고 누구나 인정할 수 있는 이상적·이론적·추상적 원리 혹은 원칙을 언급하라는 것이다. 문화와 역사와 장소를 초월하여 보편적인 호소력을 갖는 원리가 내 주장을 뒷받침한다고 밝히는 것은 큰 위력을 발휘할 수 있다. 선례에 호소하는 것은 내 주장이나 근거와 유사한 이전 사례를 제시하는 것으로, 법정에서 판례에 호소하는 것과 비슷하다. 이상적인 원칙에는 못 미치더라도, 어쨌든 내 주장과 유사한 선례가 있고 그것이 사람들의 지지를 받았다는 점을 언급하는 것은 내 주장을 강화하는 데 도움이 된다.

d. 통계 활용하기: 현대 사회에서 통계 수치는 신뢰성의 상징처럼 되어 있다. 통계 자료를 활용할 때는 기본적으로 권위자에 호소할 때 유의할 점을 모두 고려해야 한다. 모든 자료에는 해석의 여지가 있고 통계 자료도 예외가 아니다. 수치를 왜곡하지 않으면서도 내 주장을 옹호하는 데 가장 유리한 부분을 효과적으로 활용해야 한다. 통계 자료를 표현하는 방식은 여러

가지다. '10명 중 5명'이라고 표현할 수도 있지만, '전체의 절반', '전체의 50%', '전체의 2분의 1'이라고 표현할 수도 있다. 가장 인상적인 표현 방식을 채택하는 것이 좋다. 그래프나 도표처럼 시각적으로 더 극적으로 전달할 수 있는 도구를 사용하여 통계 수치를 표현하는 것도 고려해 볼 만한 방법이다.

e. 법과 제도 인용하기: 내 주장과 관련이 있는 법 조항이나 사회 제도를 인용하는 것은 내 주장이 현실성 있는 대안임을 보여 주는 좋은 방법이 된다. 게다가 법이나 제도로 만들어질 정도라면 틀림없이 그에 합당한 이유가 있었을 것이다. 하지만 법이나 제도를 바꾸어야 할 당위성 자체가 논점이라면 법 조항이나 제도의 존재를 근거로 제기하는 것은 부적절하다는 점에 유의해야 한다.

f. 정의(定義) 활용하기: 핵심 용어들에 대한 명확한 의미 이해가 전제되어 있지 않으면 혼란과 불필요한 오해가 발생할 여지가 생기고, 그것은 당연히 전달의 효율성을 떨어뜨린다. 내가 사용하는 핵심 용어의 의미가 무엇인지 초반에 정확히 정의해 두는 편이 좋다. 일반적으로 통용되는 사전적 의미를 제공하는 정의를 제시할 수도 있지만, 때에 따라서는 내 나름의 용어 사용법을 규정하는 약정적 정의를 제시할 수도 있다.

g. 비유 들기: 좋은 비유에는 직관적인 호소력이 있으므로 비유를 잘 활용하는 것도 매우 효과적이다. 단 한마디의 비유로 의사전달과 설득에 성공하는 경우들을 심심치 않게 보게 된다. 이를테면, 형제 관계를 콩에 비유한 조식의 칠보시가 좋은 사례이다. 독자나 청자에게 직관적으로 다가갈 수 있는 좋은 비유가 되려면, 일단 내가 주장하려는 바와 실질적 혹은 은유적

유사성이 있어야 하고, 그 비유 대상이 누구에게나 쉽게 받아들여질 만한 것이어야 한다.

h. 양괄식 활용하기: 글을 시작할 때 자신의 주장을 언급하고, 글을 마칠 때 다시 언급하는 것이 좋다. 이렇게 발표문 전체를 양괄식으로 구성할 뿐만 아니라 글 속의 각 단락도 양괄식으로 구성하는 것이 좋다. 무엇을 주장하려는지 명확히 인지시킨 상태에서 나머지 내용을 전달할 때 훨씬 더 효과적이며, 마지막으로 다시 한번 내 주장을 반복함으로써 내가 무엇을 주장하려 하는지 각인하는 효과를 얻을 수 있다.

i. 강하고 인상적인 논거와 사례 먼저 사용하기: 논거들과 사례들을 글 안에 배치하는 일반적인 원칙으로 강하고 인상적인 것부터 먼저 사용하는 방식을 고려할 수 있다. 청중은 내 주장에 우호적인 분위기에서 나머지 내용을 접하게 될 것이며, 초반에 청중의 주의를 집중시키는 효과도 있다.

j. 표현 수위 조절하기: 같은 사건이나 사물을 묘사하더라도 '뇌물/떡값', '체벌/사랑의 매' 등 함의나 뉘앙스에서 차이가 나는 표현들이 많다. 명분 없는 전쟁을 치르는 어떤 통치자는 '전쟁' 대신 '군사 작전'이라는 표현을 쓰기도 한다. 이렇듯 발표 목적과 맥락에 따라 완곡한 표현을 사용하여 표현 수위를 낮출 수 있고, 노골적인 표현을 사용하여 반대의 효과를 얻을 수 있다.

k. 기타 주의할 표현들: '명백히', '틀림없이', '물론', '당연히', '확실하다,' 등과 같은 표현은 글의 결론이나 단락의 결론적인 내용을 전달할 때 적극적으로 활용할 만하다. 반면, '모든', '누구나', '아무도', '전혀', '절대', '무조건' 등과 같은 표현들은 반례를 허용할 위험성이 크므로 사용에 주의해야 한다.

— 니컬라스 캐펄디 외, 『창의 논리학, 방패의 논리학』

지금까지 배운 발표문 작성 길잡이를 바탕으로 다음 발표문을 평가해 보자.

안녕하세요. 저희는 '세 번째 나무꾼에게 산신령이 선물을 주어야 하는가'라는 주제에 '주어야 한다'라는 입장으로 발표하게 된 ○모둠 ○○○, ○○○입니다.

본격적인 논의에 앞서 먼저 그 질문이 어떤 배경에서 제기된 것인지 간단히 소개하겠습니다. 이미 이 주제의 배경이 되는 이야기를 다 읽어 보셨으리라 생각하고 간단히 요점만 말씀드리겠습니다. 전래 동화 '금도끼 은도끼' 이야기는 아마 모르시는 분이 없을 텐데요. 원래 이야기에는 나무꾼이 두 명 등장하지요. 그런데 지금 우리가 다룰 변형된 금도끼 은도끼 이야기에는 나무꾼이 한 명 더 등장합니다. 그 세 번째 나무꾼은 두 번째 나무꾼과 같은 의도를 지니고 있었지만, 실제 겉으로 드러난 행동은 첫 번째 나무꾼과 같았습니다. 바로 여기서 의문이 생겨나는 것입니다. 첫 번째 나무꾼에게 선물을 주고 두 번째 나무꾼에게 벌을 준 산신령이 이 세 번째 나무꾼은 어떻게 대우해야 할까요? 저희의 주장은 처음에 말씀드렸듯이 세 번째 나무꾼에게도 선물을 주어야 한다는 것입니다. 저희가 왜 그렇게 주장하는지 이제부터 '정직한 행동', '도덕의 판단 기준', '공평성'이라는 세 개의 키워드를 중심으로 근거를 말씀드리겠습니다.

먼저 첫 번째 키워드인 '정직한 행동'에 대해 말씀드리겠습니다. 이 말을 키워드로 삼은 이유는 산신령의 선악 판단 기준에 '정직한 행동'이 분명히 포함되어 있고, 그것이 저희 주장을 입증하는 매우 중요한 요소라고 생각하기 때문입니다. 실제로, 저희가 토론 주제를 접하고 제일 먼저 떠올린 의문은 산신령이 첫 번째 나무꾼에게는 선물을 주고 두 번째 나무꾼에게는 벌을 준 이유가 무엇이냐는 것이었습니다. 저희는 일단 산신령의 보상과 처벌의 원칙이 무엇인지 알아야 한다고 생각했습니다. 그 원칙을 찾기 위해 지금부터 산신령의 행동을 분석해 보려 합니다. 지금부터 편의상 첫 번째 나무꾼을 갑, 두 번째 나무꾼을 을, 세 번째 병이라고 부르겠습니다. 자, 이야기 속에서 갑, 을, 병, 이 세 사람의 차이는 무엇일까요? 의도와 대답에서 차이가 납니다. 갑은 쇠도끼를 일부러 빠뜨리지 않았고, 대답이 정직했습니다. 반면 을은 쇠도끼를 일부러 빠뜨렸고, 대답도 정직하지 않았습니다. 병은 쇠도끼를 일부러 빠뜨렸으나 대답은 정직하게 했습니다. 그렇다면 산신령은 그 두 가지 조건 중 어떤 기준으로 갑에게는 선물을 주고 을에게는 벌을 준 것일까요? 세 가지 가능한 후보가 있겠습니다. 마음속에 들어 있는 의도가 올바르냐, 겉으로 드러난 행동이 올바르냐, 혹은 그런 의도와 행동이 둘 다 올바르냐, 이 세 가지가 모두 가능합니다. 하지만 의도 하나만으로 판단하지 않은 것만은 분명합니다. 왜냐하면 산신령이 갑에게 선물을 준 이유는 그의 '정직함'에 감탄해서라고 이야기하고 있기 때문입니다. 따라서 산신령이 겉으로 드러난 행동을 선악의 판단 기준에 포함한 것은 확실하다고 말할 수 있습니다. 하지만 마음속 의도가 산신령의 판단 기준에 들어 있는지는 분명치 않습니다. 갑에게 선물을 줄 때나 을에게 벌을 줄 때 의도를 고려했다는 분명한 언급은 없기 때문입니다. 그렇다면, 우리가 주어진 정보를 바탕으로 확실히 말할 수 있는 것은 겉으로 드러난 행동은 확실히 산신령의 선악 판단 기준에 포함되지만, 마음속 의도는 확실치 않다는 것입니다. 이점에 반대하실 분은 안 계실 것으로 생각합니다. 그리고 지금 단계에서 그 정도면 일단 충분합니다. 이로써 산신령이 정직한 행동을 보여 준 병에게 선물을 줄 수 있는 최소한의 근거는 마련한 셈이니까요.

물론 아직은 최소한의 근거를 마련한 것이지 확실한 근거는 확보한 것은 아닙니다. 산신령이 마음속의 의도 역시 선악의 판단 기준에 속한다고 인정하고 있다면, 병에게는 선물을 주지 말아야 한다고 결정하겠지요. 하지만 앞에서도 말씀드렸지만, 주어진 이야기만 읽고서는 이 문제에 대한 사실 확인은 불가합니다. 따라서 저희는 산신령이라면 당연히 윤리적으로 합당한 이치에 따르는 존재일 것으로 가정하고, 산신령이 사람의 마음속 의도를 선악의 판단 기준으로 '받아들이고 있느냐'라는 사실문제가 아니라 '받아들여야 하느냐'라는 당위문제로 바꾸어 답을 찾아보려 합니다. 여러분께 묻고 싶습니다. 과연 '의도' 자체를 선악의 판단 기준으로 삼는 것이 올바른 처사일까요? 저희는 아니라고 생각합니다. 18세기 독일의 저명한 법철학자인 토마지우스는 '누구도 생각을 벌할 수 없다.'라고 말합니다. 이 말은 어떤 사람이 마음속으로 무언가를 생각했다는 사실만으로 그 잘잘못을 따질 수는 없다는 것입니다. 생각의 자유는 현대인이라면 당연히 누려야 하는 권리로 당연시되고 있습니다. 생각 그 자체만으로 처벌 대상이 된다면 어떤 일이 벌어질까요? 2018년 서울신문이 실시한 설문조사에 따르면, 가족 간병인 325명 중 환자를 죽이거나 같이 죽고 싶다고 생각한 적이 있다는 응답자가 29.2%에 이르렀습니다. 2020년 재혼 전문 사이트 온리유가 결혼정보회사 비에나래와 공동으로 전국의 재혼 희망 남녀 516명을 대상으로 결혼생활 중 외도 충동을 느껴 본 적이 있냐고 물었을 때 남성이 65.2%와 여성의 57.4%가 '그렇다'라고 응답했습니다. 그렇게 답한 사람들이 단지 그런 생각을 해 봤다는 이유만으로 비난받고 처벌받아야 할까요? 그들을 처벌할 수 있는 경우란 그런 생각을 실제로 행동으로 옮겼을 때입니다. 만약 그런 생각을 했다는 이유만으로 벌을 받게 된다면 우리는 생각의 자유를 뺏기는 셈이 될 것입니다. 따라서 산신령은 마음속 의도를 선악의 판단 기준으로 삼아서는 안 될 것입니다. 이제 병의 행동에 대해 다시 생각해 보겠습니다. 병은 나쁜 의도가 있었습니다. 일부러 도끼를 연못에 빠뜨리고 우는 연기를 했지요. 하지만 정작 병이 겉으로 보여준 행동은 정직했습니다. 병은 거짓말을 하지 않았습니다. 병의 행동은 누구에게도 피해를 주지 않았습니다. 그런데도 단지 그가 나쁜 생각을 했다는 이유로 벌을 받아야 할까요? 당연히 아닙니다. 정직하게 행동해서 선물은 받은 갑과 다를 바 없이 정직하게 행동했습니다. 그렇다면 당연히 병은 갑과 마찬가지로 선물을 받을 자격이 충분하다고 말할 수 있을 것입니다.

이제 저희 주장을 완성해 줄 마지막 퍼즐로 세 번째 키워드인 '공평성'에 대해 말씀드리겠습니다. 병이 산신령의 선물을 받을 자격이 충분하다는 것만으로 아직은 약간 부족합니다. 왜냐하면 그런 자격이 있다는 것만으로 산신령이 선물을 주어야 한다는 당위를 끌어낼 수는 없기 때문입니다. 그러려면 산신령은 공평성을 지닌 존재라는 점이 인정되어야 할 것입니다. 그것은 달리 말하자면, 산신령이 도덕적 판단에서 일관성을 지킬 용의가 있어야 한다는 말과 같습니다. 산신령이 신통한 능력을 발휘해서 사람들의 마음속을 모두 꿰뚫어 본다고 합시다. 만약 산신령이 도덕적으로 일관성이 있는 공평한 존재라면, 비록 병이 나쁜 의도가 있다는 것을 알았더라도 그의 행동 자체는 갑과 다를 바가 없으니 갑과 같은 도덕적 평가와 보상을 해 주어야 한다고 생각할 것입니다. 민법에도 신의성실의 원칙에서 파생된 '모순 행위 금지의 원칙'이라는 것이 있습니다. 이 원칙은 간단히 말하자면 권리자의 권리행사가 그가 행한 이전 행위와 모순된다면 그때의 권리행사는 인정되지 않는다는 원칙입니다. 물론 산신령이 선물을 주느냐 마느냐가 권리행사의 문제는 아닙니다만, 어쨌든 산신령이 똑같은 행동을 했는데 누구는 선물을 주고 누구는 안 주는 모순행위를 저지른다면 위신이 말이 아니겠지요. 우스개를 조금 섞어서 말하자면, 소위 앞으로 산신령의 '말발'이 서지 않겠지요. 그동안 온갖 교훈적 설화 속에서 도덕의 화신으로 등장했던 산신령의 체면이 말이 아니게 될 것입니다. 하지만 그것은 산신령만의 문제는 아닐 것입니다. 사람이라면 누구나 공평해야 하고 도덕적으로 일관된 행동을 해야 마땅하겠지요. 그런 측면에서 병의 행동이 갑과 다를 바 없고, 병도 갑 못지않게 선물을 받을 자격이 충분하다면, 산신령이 일관되고 공평하게 병에게도 선물로 보상을 해 주어야만 한다는 결론이 따라 나온다고 말할 수 있을 것입니다.

지금까지 저희는 세 가지 키워드를 중심으로 산신령이 세 번째 나무꾼에게도 선물을 주어야 한다는 주장의 근거를 제시하였습니다. 먼저 정직한 행동이 산신령의 선악 판단 기준에 포함되었다는 분명한 사실을 밝혔고, 그다음으로 생각 자체가 상벌의 대상이 될 수 없다는 점을 근거로 해서 병이 갑과 다를 바 없이 선물 받을 자격이 충분하다는 것을 보였습니다. 그리고 마지막으로 산신령이 정말로 도덕적으로 공평한 존재라면 병에게도 선물을 줄 수밖에 없다는 점을 말씀드렸습니다. 여러분은 아직도 산신령의 판단 기준이 의도에 있다고 생각하시나요? 아마 이제는 아니실 거라고 생각합니다. 저희는 세상에 좋은 의도를 가진 사람들보다 실제로 좋은 행동을 하는 사람들이 많았으면 합니다. 지금 저희가 논의한 금도끼 은도끼 이야기는 어쩌면 우리가 그 안에서 바로 그런 바람을 해석해 내길 기대하고 있는 것은 아닐까요?

이상으로 저희 발표를 마치도록 하겠습니다. 경청해 주신 여러분께 깊은 감사의 말씀을 드립니다.

— 성신여자대학교 법학과 22학번 김소현, 김지니 학생의
실제 발표문을 바탕으로 재구성함

(3) 보조 자료 만들기

발표를 보조하는 시각 자료를 만들 때 요즘은 일반적으로 파워포인트 프로그램을 사용한다. 파워포인트로 만든 슬라이드는 '보여 주는' 기능으로 연사를 적극적으로 보조하며, 발표 내용을 보다 효과적으로 청중에게 전달한다. 파워포인트 슬라이드를 작성할 때 내용 구성은 기본적으로 발표 실행 개요의 작성 원리를 활용하면 좋다.

파워포인트 슬라이드는 제2의 연사라는 점을 명심해야 한다. 그 말은 슬라이드의 역할이 매우 중요하다는 점과 더불어, 아무리 그래도

어쨌든 제1의 연사는 바로 발표자 본인이라는 점을 함께 일깨워 준다. 간혹 슬라이드가 지나치게 화려해 연사를 압도하는 일도 있는데 이는 전혀 바람직하지 않다.

파워포인트 슬라이드를 제작할 때는 전달의 효율성이라는 관점에서 시각적인 효과를 고려해야 한다. 전달 효과를 높이려면 슬라이드 한 장에 너무 많은 내용을 담아서는 안 된다. 간혹 발표자가 한글 파일의 빼곡한 글자 그대로를 슬라이드에 옮겨 붙여 슬라이드를 만들곤 하는데, 그런 슬라이드는 오히려 전달에 방해가 될 뿐이다. 반드시 키워드 중심으로 요약하고, 한눈에 내용을 파악할 수 있게 화면을 구성하도록 한다. 어쩔 수 없이 슬라이드 한 장에 많은 정보를 담아야 한다면 애니메이션 효과를 사용하여 순차적으로 활성화하는 것이 바람직하다. 표나 그래프, 도형을 활용한 도식화 작업도 필요하다. 생생한 전달을 위해 이미지와 동영상을 넣을 수도 있다. 하이퍼링크를 사용하면 더 매끄럽게 인터넷 자료와 연결된다.

또한 슬라이드를 제작할 때는 발표 장소의 크기, 연단의 위치, 채광 상태 등도 고려해야 한다. 장소가 넓을수록 슬라이드의 활자는 크고 전체적으로 단순하게 만들어야 한다. 빛이 완전히 차단되지 않는 장소에서 발표할 때 역시 복잡한 화면 구성은 피하고 명도 대비가 뚜렷하게 바탕 화면과 활자의 색을 정한다.

다양한 미디어 자료를 활용해 파워포인트 슬라이드를 만들었다면 실제 발표 전에 발표장을 찾아가 예행 연습을 해 보는 것이 필수적이다. 슬라이드를 스크린에 실제로 띄워 놓고 보면 컴퓨터 화면에서는 미처 확인할 수 없었던 실수들이 발견될 것이다. 기계 상태나 프로그램 버전 차이로 슬라이드의 글자가 깨지거나 동영상이 열리지 않는 등의 사고도 예방할 수 있다.

파워포인트 슬라이드 제작 길잡이

- 파워포인트 슬라이드는 '시각 보조자료'라는 사실을 잊지 않는다.
- 전체적으로 통일감 있게 제작한다(바탕 화면, 활자, 색상, 항목 표시 원칙 등).
- 바탕 화면은 단순한 것으로, 활자는 획이 반듯한 서체를 기본으로 사용한다.
- 슬라이드 한 장에 과도한 내용을 담지 않는다.
- 한눈에 내용을 파악할 수 있게 키워드 중심으로 요약한다.
- 이미지, 표, 그래프, 동영상을 활용한다.
- 표지 역할을 할 슬라이드와 종료를 알리는 슬라이드를 앞뒤로 붙인다.
- 상황에 따라서는 파워포인트 슬라이드가 메모의 역할을 함께 수행할 수 있다는 점을 기억한다.

함께하기

앞 절의 발표문으로 발표를 한다고 할 때 시각 보조자료로 활용할 수 있는 파워포인트 슬라이드를 함께 만들어 보자.

(4) 발표하기

발표 실행 개요

실제 발표 때 참고하게 되는 발표 실행 개요는 완성된 발표문과 그것에 연동된 파워포인트 슬라이드 등의 시각 자료를 고려해 전체 발표 내용을 일목요연하게 순서대로 정리한 문서이다. 앞서 소개한 발표 방법 중 메모 스피치에서 활용하는 '메모'가 바로 이 실행 개요라고 생각하면 된다.

실행 개요 작성은 A4용지 같은 큰 종이보다는 인덱스 카드를 사용하는 편이 유리하다. 발표자가 너무 큰 종이를 손에 들고 뒤적거리는 모습을 청중에게 보여 주는 것은 별로 좋은 장면이 아니기 때문이다. 인덱스 카드는 손에 쥐기가 적당하고 청중의 시선을 흐트러뜨리지 않는다는 점에서 유리하다. 여러 장의 인덱스 카드를 사용할 때는 반드시 순서대로 번호를 매기고 고리로 묶어서 뒤섞이지 않게 한다.

실행 개요는 다음과 같은 요령으로 작성한다.

실행 개요 작성 길잡이

- 발표문의 내용을 적절한 분량으로 나누어 인덱스 카드에 순서대로 수록한다.
- 각 내용은 핵심어를 중심으로 간단명료하게 작성한다.
- 인덱스 카드마다 그 시점에서 필요한 동작이나 기타 지시사항 및 주의사항을 적는다.
- 잊기 쉬운 사람 이름이나 지명, 복잡한 숫자, 연도 등을 꼼꼼하게 적어 넣는다.
- 발표 현장에서 힐긋 참조하게 되는 것이므로 짧은 순간에도 내용이 잘 확인될 수 있도록 글씨 크기나 서체에 유의한다.
- 파워포인트 슬라이드와 함께 발표할 때는 슬라이드 구성을 고려해 작성한다.

발표 실행 개요 작성 예시		
발표문	인덱스 카드(발표 실행 개요)	파워포인트 슬라이드
안녕하세요. 저희는 '세 번째 나무꾼에게 산신령이 선물을 주어야 하는가'라는 주제에 '주어야 한다'라는 입장으로 발표하게 된 ○조 ○○○, ○○○입니다.	[1] • 분위기 정돈(마이크 확인, PPT 조작 확인, 옷매무새 정리) • 인사(미소를 띠고 청중을 둘러보며) • 자기소개(또박또박)	page 1
본격적인 논의에 앞서 먼저 그 질문이 어떤 배경에서 제기된 것인지 간단히 소개하겠습니다. 이미 이 주제의 배경이 되는 이야기를 다 읽어 보셨으리라 생각하고 간단히 요점만 말씀드리겠습니다. 전래 동화 '금도끼 은도끼' 이야기는 아마 모르시는 분이 없을 텐데요. 원래 이야기에는 나무꾼이 두 명 등장하지요. 그런데 지금 우리가 다룰 변형된 금도끼 은도끼 이야기에는 나무꾼이 한 명 더 등장합니다. 그 세 번째 나무꾼은 두 번째 나무꾼과 같은 의도를 지니고 있었지만, 실제 겉으로 드러난 행동은 첫 번째 나무꾼과 같았습니다.……	[2] • 논의 배경 간단히 소개 • 전래 동화 금도끼 은도끼 (PPT에 관련 이미지 띄워 놓고 '모르시는 분 없죠?') • 아주 간략하게 이야기 설명(필요할 경우). [3] • 변형된 금도끼 은도끼 소개 • 변형된 이야기의 요점이 무엇인지 강조! • 세 번째 나무꾼은 두 번째 나무꾼과 의도가 같고 첫 번째 나무꾼과 행동이 같다! • 최대한 청중의 흥미 유발 ('평소에 잘 생각해 보지 못했던 것이죠?')	page 2 page 3
……	……	……

발표의 실제

이제 지금까지 준비한 내용을 갖고서 실제 발표에 나설 때가 되었다. 다시 말하지만, 발표는 청중을 대상으로 자신이 준비한 글을 들려주는 것이고 그 전 과정이 청중에게 보이게 된다는 것이 특징이다. '들려주고 보여 준다'라는 측면을 시청각 이미지에 대한 논의를 중심으로 살펴보기로 하자.

앨버트 메러비안(Albert Mehrabian) 박사는 저서 『침묵의 언어』에서 한 사람이 상대방에 대해 이미지를 형성하는 요소 가운데 90% 이상은 시각적인 요소(55%)와 음성·억양·발음·속도 등 청각적인 요소(38%)가 차지한다고 지적한다. 나에 대해 좋은 이미지를 가진 사람이라면 그를 설득하는 데도 유리할 것이다. 이는 발표자가 같은 내용을 전달한다고 하더라도 그것을 청중에게 어떻게 들려주고 어떤 모습을 보여 주느냐에 따라서 설득 효과에 차이가 생길 수 있다는 의미다. 심한 경우, 발표자의 사소한 행동 하나가 내용의 전달을 방해하고 혹시라도 치명적인 설득 실패로 이어질 수도 있다. 열심히 준비한 발표가 이렇게 망쳐지는 일이 없도록 발표자는 시청각 이미지의 중요성을 충분히 의식하며 발표에 임해야 할 것이다.

청중 앞에 섰을 때 발표자는 청중의 관심과 주의를 자신에게로 집중시켜야 한다. 가장 강력한 시각 자료는 바로 발표자 자신이기 때문이다. 발표에도 첫인상이 있다. 발표자가 말을 시작하기도 전에 청중은 이미 발표자에 관한 나름의 이미지를 형성한다. 청중은 발표자를 보며 발표에 대해 기대감을 느끼게 되고, 아주 이른 시간에 내심 일정한 판단을 내리게 된다. 여기서 말하는 '이른 시간'에는 발표자가 자리에서 일어나 앞으로 걸어 나가 연단에 서기까지의 시간도 포함된다. 이미 청중은 발표자가 걸어 나가는 뒷모습을 보면서 첫인상을 받기 시작하는 것이다.

부정적인 첫인상이 형성되면 발표자는 청중을 제압하기 어렵다. 이른바 기 싸움에서 밀린 것이다. 시각적으로나 청각적으로 신뢰감을 주지 못하면 청중은 집중하지 않는다. 옷차림과 태도, 표정, 목소리 등으로 일찌감치 형성된 부정적인 이미지는 특별한 계기가 형성되지 않는 한 쉽게 바뀌지 않는다.

이렇듯 발표자는 발표의 시작에서뿐만 아니라 발표하는 내내 자신이 청중에게 어떻게 보이고 있을지 늘 의식하면서 동작과 자세 하나하나에 유념해야 한다. 발표자의 시각적 이미지와 관련하여 주의할 점을 정리해 보면 다음과 같다.

발표자의 시각 이미지

- 발표는 자리에서 일어나 연단으로 걸어 나오는 그 순간부터 시작된다.
- 자신감 있고 당당하게 연단으로 걸어 나온다.
- 자신감이 없어 보이는 태도는 준비 부족의 인상을 주게 되므로 주의한다.
- 청중을 안정적인 시선으로 바라본다.
- 어수선한 분위기를 가라앉히고 태도를 정돈한다.
- 발표 개요는 되도록 인덱스 카드로 만들고 연단으로 나갈 때 미리 잘 챙긴다.
- 발표에 어울리는 신뢰감을 주는 옷차림을 준비한다.

- 앞머리를 늘어뜨리거나 모자를 눌러 써서 시선을 가리는 것을 피한다.

- 액세서리는 시선을 분산시키지 않는 선에서 신중하게 착용한다.

- 연단에 서면 반드시 청중을 둘러보며 눈을 맞추고 밝은 표정으로 인사한다.

- 청중 한 명 한 명을 보면서 말하고 있다는 인상을 주고자 노력한다.

- 청중을 바라볼 때 시선을 한 곳에 집중하지 말고 전후좌우로 골고루 분산한다.

- 청중, 발표 개요, 파워포인트 슬라이드에 골고루 시선을 돌린다.

- 원고를 보고 그대로 읽는다는 인상을 주지 않도록 주의한다.

- 시종일관 여유 있는 태도를 견지한다.

당연한 말이지만, 발표자의 목소리도 전달력에 영향을 미치는 중요한 요소이다. 반드시 미성이나 능변이어야 한다는 것은 아니다. 그보다는 자신감 있고 또렷한 발음, 성량, 말 빠르기, 고저장단 조절 등이 더 중요한 요소이다.

발표자의 청각 이미지

- 발표를 하기 전에 간단하게 발성 연습을 하고, 볼 근육을 풀어 준다.

- 자기소개를 할 때에는 성과 이름을 끊어 읽듯이 또박또박 말한다.

- 목소리 크기 조절에 유의한다.

- 적당한 속도와 발음에 유의한다.

- 상황에 따라 음성에 적절한 변화를 준다.

- 기계적으로 원고를 보고 읽는다는 인상을 주지 않는다.

- 목소리에 자신감을 잃지 않는다.

- 고유명사, 숫자, 연도, 통계 수치 등을 읽을 때 특히 유의한다.

여러 사람 앞에서 이야기한다는 것은 쉬운 일이 아니다. 많은 사람이 연단에 오르는 것조차 매우 부담스러워하며 심지어는 두려워하기까지 한다. 이것을 '연단 공포증'이라고 한다.

연단 공포증은 일반적으로 다음과 같은 생리적인 현상과 심리적인 증세를 나타낸다. 먼저 생리적인 증세로 가슴이 뛰고, 손과 발이 떨리며, 맥박과 호흡이 빨라지면서 말도 급해지고, 얼굴이 상기되거나 창백해진다. 심리적인 증세는 좌절감과 열등의식이 심해지고 청중이 자신을 적대시한다는 두려움에 사로잡히게 된다.

연단 공포증을 해소하는 유용한 방법은 다음과 같다.

연단 공포증 해소

- 발표 내용을 충분히 숙지한다.
- 청중에 대한 정보를 미리 수집한다.
- 시청각 보조 자료를 적극적으로 활용한다.
- 발표 장소를 미리 방문하여 발표 당일의 낯섦을 줄인다.
- 동작과 관련된 지시사항이나 주의사항을 세세하게 적은 발표 개요를 준비한다.
- 두려워하고 있다는 사실을 부인하지 말고 있는 그대로 받아들인다.
- 발표 전에 무대 뒤나 복도에서 잠시 걷거나 가볍게 스트레칭을 한다.
- 발표를 하기 전, 턱과 입 운동을 한다.
- 심호흡을 크게 여러 차례 한다.
- 편안한 인상을 주는 사람을 주시하면서 발표를 시작한다.

다음 각 발표 주제에 대해서 나름의 주장을 논증으로 만들어 발표문을 작성해 보자.

주제 1. 다음 세 사례에 대해 각기 내릴 수 있는 최선의 일관된 판단은 무엇일까?

사례 1. 어떤 거구의 사람이 어떤 동굴의 작은 출구 구멍에 꽉 끼어 있다. 그의 머리는 동굴 밖으로 빠져나와 있어서 숨을 쉴 수 있지만, 그의 뒤로는 동굴에 갇힌 일군의 사람들이 기다리고 있고, 그들은 다른 탈출 방법이 없다. 그런데 동굴 안에 물이 범람하여 점점 차오르고 있어서 곧 모두가 익사할 위기에 처했다. 당신에게는 다이너마이트가 있다. 당신은 그 폭탄을 터뜨려 그 사람을 날려 버릴 수 있겠는가?

사례 2. 당신은 지금 철로 옆에 서 있는데 저 앞에 당신 쪽으로 요란스레 돌진해 오는 폭주 기관차가 보인다. 제동장치가 고장 난 것이 틀림없다. 저 앞쪽으로는 다섯 명의 사람들이 철로에 꽁꽁 묶여 있다. 만일 당신이 아무 조치도 취하지 않는다면, 그 다섯 사람은 기차에 치여 죽을 것이다. 운 좋게도, 당신은 조종기 바로 옆에 서 있다. 조종기를 돌리면 그 통제 불능의 기차를 당신 바로 앞쪽으로 나 있는 대피선로, 즉 지선으로 보내게 될 것이다. 그런데 이런 젠장, 뜻하지 않은 난관이 있었다. 지선 선로 위에 또 다른 한 사람이 묶여 있는 모습이 목격된 것이다. 기차의 진로를 바꾸면 불가피하게 그 한 사람은 죽게 될 것이다. 자, 이제 당신은 어떻게 해야 할까?

　사례 3. 당신은 육교 위에서 기차선로를 내려다보고 있다. 트롤리가 선로를 따라 맹렬하게 돌진해 오고 있는데, 저 앞으로 다섯 명이 철로에 묶여 있는 모습이 보인다. 그 다섯 명을 구해 낼 길이 있을까? 육교 위에는 난간 너머로 몸을 기울이고 트롤리를 바라보고 있는 아주 뚱뚱한 남자가 있다. 만일 당신이 육교 너머로 그 남자를 밀어낸다면, 그는 아래 철로로 떨어질 것이고, 그의 몸집 정도라면 트롤리를 급정거시킬 수 있을 것이다. 안 된 일이지만, 그런 과정에서 그 남자는 죽게 될 것이다. 그러나 그것이 다른 다섯 사람을 살릴 것이다. 당신은 그 남자를 밀어야 할까?

주제 2. 인류의 삶은 진정 행복해지고 있는 것일까?

　많은 사람이 적어도 물질적인 측면에서 인간의 삶이 풍요로워졌다는 평가에 동의한다. 평균수명이 길어졌고 신체 조건이 뚜렷하게 향상되었다. 전근대의 불합리한 관행들도 사라졌거나 격감했다. 개인의 존엄성과 자유, 평등을 옹호하는 민주주의 역시 폭넓게 확산했다. 하지만 요즘 들어 분위기는 다시 반전의 조짐을 보인다. 세계적으로 양극화는 더 심해지고 일상의 불안과 불만도 커지고 있다. 민주주의도 고장 났다는 소리가 들린 지 오래다. 국제 사회에서는 상호이해와 평화가 범위를 넓혀 가는 게 아니라 갈등과 혐오, 테러 위협이 기승을 부리고 있다. 세계화로 상품과 서비스는 더 다양하고 싸게 누릴 수 있게 됐다지만 왠지 내 주머니 사정이 좋아지는 것 같지는 않다. 자동화로 편리해진다 싶었는데, 내 일

자리와 미래는 점점 불안해진다.

주제 3. 생존한 9명의 인부는 유죄인가, 아니면 무죄인가?

굴착 공사 중 갱도 붕괴 사고가 발생하여 인부 10명이 땅굴에 고립되었다. 외부와의 교신이 간신히 이루어져, 고립된 사고 현장의 식량 상황을 알렸을 때, 구조 전문가들은 그와 같은 조건에서라면 10일 이상 생존할 수 없다고 고립된 인부들에게 알려주었고, 다시 교신은 단절되었다. 시간이 흘러 9일이 지났으나 여전히 구조대가 도착할 기미가 보이지 않았고, 허기에 지친 사람들은 점점 더 초조해졌다. 그때 한 사람이 다음과 같은 제안을 내놓았다. "우리가 이대로 있다가는 내일이면 다 죽을 텐데, 무언가 다른 방법을 찾읍시다. 끔찍한 방법이기는 하지만, 만일 내일까지 구조대가 오지 않으면, 우리 중 한 명을 제비 뽑아 그 사람을 식량으로 삼도록 하는 것이 어떻겠습니까?" 10명이 모두 죽느니 차라리 그런 방법이라도 쓰는 편이 낫겠다고 생각한 인부들은 모두 그의 제안에 동의하였다.

다음 날이 되었지만, 구조대는 나타날 기미가 없었다. 사람들은 이제 약속대로 제비를 뽑기로 합의하였다. 그런데 제비를 뽑은 결과 공교롭게도 불운의 당첨자는 다름 아닌 바로 어제 이 방법을 제안했던 그 사람이었다. 그러나 그 제안자는 막상 자신이 뽑히고 나자 생각이 바뀌었다. 어차피 죽더라도 그렇게 비참하게 죽고 싶지는 않다는 생각이 들었던 것이다. 그는 약속을 깨고 죽기를 거부하였다. 그렇지만 나머지 9명은 애초에 이 방법을 제안한 사람이 바로 그였으며 제비뽑기 과정에 아무런 불공정이 없었으므로 그가 약속을 거부할 수 없다고 주장하였고, 결국은 반항하는 그를 죽여서 식량으로 삼고는 며칠을 더 버틸 수 있었다. 그리고 며칠 후 도착한 구조대는 예상과 달리 무려 9명이 생존해 있는 것을 발견하였다. 의심쩍게 생각한 구조대는 조사에 착수하여 생존 인부들이 한 사람을 죽여서 식량으로 삼았다는 사실을 알게 되었고, 분노한 구조대는 그들을 살인죄로 고발하게 되었다.

주제 4. 인간이 동물에게 가하는 끔찍한 행위를 정당화할 만한 인간과 동물의 유관한 차이가 존재하는가?

우리는 흔히 매사에 공평해야 한다는 점을 강조한다. 이러한 공평성의 논리적 기반은 '유관한 다른 차이가 없으면 도덕적 차이도 없다'라고 하는 일관성의 원칙에 있다. 이 원칙은 달리 말해 어떤 두 대상에 대한 도덕적인 차별 대우는 오로지 그 둘 사이에 도덕적으로 유관한 차이가 존재할 때만 정당화될 수 있다는 것이다. 우리가 인종차별주의자나 성차별주의자를 비난하는 이유는 인종 간에, 또 성별 간에 그런 도덕적 차별대우를 정당화할 만한 유관한 차이가 실제로 존재하지 않는다는 사실을 알기 때문이다. 그런데 인간은 동물을 대규모로 사육하고 도살하여 식량으로 삼고 있으며 무고한 많은 동물을 인간을 위한 각종 실험의 도구로 희생시키고 있다. 일관성의 원칙에 따르자면, 다른 인간에게라면 절대로 해서는 안 될 이런 끔찍한 행위를 도덕적으로 정당화하기 위해 우선 인간과 동물 사이에 유관한 차이가 있음을 입증해야 할 것이다.

주제 5. 프라임 디렉티브는 정의로운 규칙인가?

    미국의 인기 드라마 《스타트렉》에 등장하는 프라임 디렉티브(Prime Directive)는 행성 연합이 가장 중요하게 여기는 최상위 정책이다. 최첨단 과학기술, 방대한 도서관 등을 보유한 우주선이 매우 미개한 행성을 방문했을 때 특정 부족에게 첨단 군사기술을 이전해 행성을 장악하게 하거나, 전쟁에 패배한 부족을 도와 역사를 바꾸거나 해서는 안 된다. 이런 모든 행위를 금지하는 규칙이 바로 프라임 디렉티브다. 이 규정에 따라 어느 행성이건 자신의 문제는 외부의 개입 없이 그 행성 거주자들이 직접 해결해야 한다.

9장

토론

1. 토론이란

1) 토론의 의의

인도 힌두 고전인 『마하바라타』에는 토론의 성격이 무엇인지를 잘 보여 주는 이런 대목이 있다. "성찰하는 인간들이 나쁜 것에서 좋은 것을, 옳지 않은 것에서 옳은 것을, 사악한 행위에서 덕스러운 행위를 걸러 내는 것은 바로 상냥하고, 정확하고, 조리 있고, 진지하고, 솔직하게 나누는 대화, 즉 함께 논하기(sam-vāda)를 통해서다." 이렇듯 토론은 상반된 의견을 가진 사람들이 함께 말을 주고받으면서 시시비비를 가려내는 특수한 소통의 양식이다.

토론이 유용하다고 생각하고 토론 문화의 가치를 인정한다는 것은 다양성과 진보의 가능성을 둘 다 인정하는 것이다. 어떤 사안에 대해 다양한 관점이 존재함을 전제하지 않는다면 토론은 불필요하다. 다른 의견을 허용하지 않는 전체주의 사회나 권위주의적인 조직에서 토론이 잘 벌어지지 않는 이유가 바로 그것이다. 하지만 어떤 사안이건 누구나 자기 나름의 견해와 관점을 가질 수 있고 다른 누구도 그것을 침해할 수 없다는 상대주의가 최종 정답이라면 마찬가지로 토론은 불필요하다. 토론은 상충하는 견해 중에서 조금이라도 더 나은 이유를 제시하는 최선의 대안이 존재하고, 그것이 지금 사안에 관하여 우리의 현 상태를 조금이라도 더 낫게 만들어 줄 것이라는 진보의 희망 속에서만 의미를 지닐 수 있기 때문이다.

따라서 토론의 요점은 출발선상에서 상대가 나와 다른 관점에서 나와 다른 주장을 얼마든지 제기할 수 있다는 가능성을 인정하되, 최종적으로는 내 주장이 더 나은 최선의 대안이라는 것을 상대에게 적극적으로 입증하여 설득을 끌어내는 데 있다. 이런 점에서 토론은 토의와는 유사하면서도 구분되는 측면이 있다.

토의는 참여한 구성원들이 정해진 특정한 절차 같은 것 없이 주어진 문제에 대해 서로 의견을 교환하며 합의에 도달하는 것으로, 일종의 문제 해결의 성격을 지닌다. 반면 토론은 주어진 문제에 대해서 상호 의견 대립을 전제로 각자 자신의 주장을 입증하고 상대의 주장을 반박하면서 어느 쪽의 주장이 더 나은지 결정하고자 하는 시도로서 때로는 엄격한 진행 절차를 준수하며 수행되기도 한다.

토의가 대부분 참여 구성원들의 합의로 종결되는 데 비하여, 의견 대립을 보이는 상대를 설득하는 것을 목표로 하는 토론은 실제로는 어느 쪽도 서로를 설득하지 못한 채로 종료되는 경우가 흔하다. 법정에서 검사와 변호사 사이에 벌어지는 토론이나 선거에 출마한 정치인들이 벌이는 토론을 생각해 보라. 법정에서 토론 대결을 벌인 끝에 상대의 주장을 인정하고 자신의 주장을 철회하는 검사나 변호사는 없다. 법정 공방은 끝까지 한쪽은 유죄, 다른 한쪽은 무죄를 주장하며 마무리되고, 대신 토론의 승자는 제삼자인 판사 혹은 배심원이 결정하게 된다. 정치인들의 토론에서 패배를 인정하는 후보자를 본 적이 있던가? 토론의 승패는 결국 토론을 지켜본 국민의 투표로 결정된다. 토론에서 토론 상대를 설득한다는 것은 그 사람이 이상적인 합리적 이성의 소유자라는 전제 아래서나 가능한 일이다. 따라서 현실적으로 토론에서 설득의 대상은 토론을 벌이고 있는 상대방이라기보다는 현재의 논제에 대해서 표면적으로 중립적인 태도를 지니고 있다고 상정되는 청중이 된다.

토론은 전형적인 설득하는 말하기이므로 앞에서 다룬 설득의 정당성과 효율성에 대한 모든 논의가 당연히 토론에도 온전히 적용된다. 하지만 토론이 이렇게 의견 대립을 전제로 한 대결 양상을 띤다는 점에서 자칫 설득의 정당성, 즉 로고스보다는 에토스와 파토스의 측면에서 효율적인 설득에만 주안점을 두는 비정상적인 상황이 벌어질 수도 있다. 그러나 아무리 승패를 가르는 토론이라고 할지라도 어쨌든 설득의 정당성은 결국 상대보다 더 좋은 논증을 만드는 것에서 확보된다는 점, 그리고 진정으로 비판적인 토론자라면 더 나은 이유에 복종하는 합리성을 지녀야 한다는 점을 절대 잊어서는 안 된다. 토론에서도 언제나 로고스가 에토스와 파토스에 선행하는 것이다. 토론 승리를 위해서 좋은 논증을 필두로 합리적으로 허용되는 모든 수단을 동원해 최선의 노력을 기울이면서도, 다른 한편으로는 도가 지나쳐서 토론이 과열되고 그로 인해 비정상적인 기만적 토론술이 난무하고 토론 규칙과 상대에 대한 존중이 상실되는 일은 없어야 한다.

〈정장을 차려입은 헤비메탈 밴드〉

최선의 노력을 기울인 사례 한 가지를 소개한다. 1990년에 세계적인 헤비메탈 밴드인 주다스 프리스트의 멤버들이 네바다주에서 두 명의 젊은 이가 자살한 사건으로 인해 재판정에 서게 되었다. 사건이 발생했을 때 그 젊은이들이 이들의 음악을 듣고 있었던 것으로 밝혀지면서 그들의 행동에 원인을 제공한 것이 아니냐는 의혹이 제기되었기 때문이다. 밴드가 평소에 보여 준 거칠고 선동적인 무대 공연과 그로 인한 대중적인 이미지는 늘 가죽옷을 입은 폭주족을 연상하게 했지만, 그들은 그날만큼은 비즈니스 정장을 입은 말끔한 영국 신사의 모습으로 법정에 나타났다.

〈변호사의 비싼 정장과 담뱃재〉

과도한 사례 한 가지를 소개한다. 미국의 유명한 변호사 클래런스 대로는 법정에서 청중의 주의를 딴 데로 돌리기 위해 기발한 수법을 사용한 것으로 유명하다. 검찰 측이 한창 발언을 하는 중에 대로는 매우 긴 시가를 피우면서 한참 동안 재를 털지 않았다. 잠시 후 배심원은 물론 법정에 있던 모든 사람이 엄청나게 길어진 재가 언제 떨어질까 안달하는 마음으로 대로의 시가를 쳐다보기 시작했다. 비싼 양복에 재가 떨어지기라도 하면 어쩌려고 저런단 말인가. 재는 아무리 길어져도 끝끝내 떨어지지 않았고 배심원단은 검찰의 기소에 제대로 주의를 기울이지 못했다. 비밀은 대로가 일부러 시가의 중심에 박아 넣은 가느다란 철심이었다.

　　　　　　　　　　　　　　— 니컬라스 캐펄디 외, 『창의 논리학, 방패의 논리학』

함께하기

토론에서 실제 사용된 적이 있는 기발한 에토스·파토스적 기술에 어떤 것이 있었는지 함께 찾아보자.

---

2) 토론의 구성 요소

(1) 토론 주제와 쟁점

　토론 주제는 찬반의 의견이 상충하는 논의 대상으로서, 논제로 진술될 수 있다. 예를 들면, '국제 난민을 지금보다 더 적극적으로 받아들여야 하는가?'라는 토론 주제는 '국제 난민을 지금보다 더 적극적으로 받아들여야 한다.'라는 명제의 형태로 진술되어 찬반을 다투는 논제가 된다. 찬반의 견해가 뚜렷하게 갈릴 수 있는 논제가 훌륭한 토론 주제가 될 수 있다는 점은 앞에서 발표 주제에 관해서 설명할 때 다룬 바 있다.

쟁점 혹은 논점은 토론에서 실제 의견이 충돌하는 지점이다. 논제에 대해 찬반 의견이 대립한다는 것은 실제로는 양측이 각자 내세우는 핵심 논거가 대립하고 있음을 의미하며, 그것이 바로 토론의 쟁점 혹은 논점이 되는 것이다.

(2) 사회자

토론 사회자의 기본적인 역할은 토론자들이 토론 진행 절차를 준수하도록 관리하는 것이다. 필요할 경우 사회자는 대화를 촉진한다거나, 주장의 명료화를 요구한다거나, 토론이 논점에서 벗어나지 않도록 한다거나, 토론이 과열되어 상호 비방이나 무질서가 벌어지는 일을 방지하는 등 적극적으로 개입할 수 있다.

하지만 발언 순서나 발언 시간 등이 엄격하게 규정된 토론에서 사회자의 역할은 그리 크지 않다. 오히려 그런 토론에서 사회자의 불필요한 개입은 청중에게 선입견을 불러일으켜서 불공정 시비를 낳을 수도 있다. 까딱 잘못하면 사회자와 토론자가 벌이는 토론으로 변질할 수도 있다. 그런 토론에서라면 사회자는 토론 주제와 토론 참여자를 소개하고, 토론의 시작과 종료를 알려주고, 발언 순서와 시간을 어기지 않도록 관리하는 소극적 역할을 하는 것으로 충분하다.

(3) 토론자

토론자는 실제로 토론에 참여하여 상대방과 공방을 벌이는 당사자이다. 토론자는 토론 중에 입론, 질문과 답변, 반론, 난상 토론, 최종 발언 등을 수행한다.

- a. 입론: 입론은 토론에서 토론자가 토론 상대와 청중을 설득하는 첫 단계로서 자신의 기본 주장을 발표하는 것이다. 토론자는 입론에서 토론 주제에 대한 최종 결론을 뒷받침하는 핵심 근거들을 제시해야 한다.
- b. 질문과 답변: 질문은 크게 두 가지 형태를 띤다. 상대의 주장과 근거 전반에 관한 확인과 점검 수준의 질문이 있고, 또 다른 형태인 검증 질문은 질문의 외형을 띠고 있으나 사실상 상대 주장에 대한 반론에 해당하는 본격적인 문제 제기이다.
- c. 반론: 반박 혹은 논박이라고도 한다. 상대 주장에 도전하거나 혹은 상대의 도전에 맞서 반박해야 하는 경우까지 통틀어서 반론이라고 말할 수 있다. 검증 질문도 반론에 포함할 수 있다. 토론자가 수행해야 하는 가장 중요한 임무에 속한다고 할 수 있다.
- d. 난상 토론: 난상 토론은 자유토론이라고도 부른다. 난상 토론은 개인의 발언 순서나 발언 시간을 정해 놓지 않고 일정 시간 동안 자유롭게 공방을 벌이는 것을 말한다.
- e. 최종발언: 최종발언에서 토론자는 토론을 마무리하면서 자신의 기본 주장과 토론 내용을 정리하여 마지막으로 청중에게 호소하게 된다.

(4) 청중

모든 토론에 반드시 청중이 있는 것은 아니지만 대개 토론은 청중을 앞에 놓고 벌어지게 되며, 그래서 결과적으로 토론의 승패를 가르는 청중이 토론의 현실적인 설득 대상이 되는 경우가 많다. 그런 점에서 토론자가 청중에 많은 관심을 기울여야 하는 것은 당연하다.

청중은 토론 상대와는 달리 표면적으로 중립적인 위치 있는 것으로 되어 있으나, 실제로는 청중 개개인이 지닌 배경지식, 개인적 신념, 교양 수준, 각자가 처한 주변 상황 등에 따라서 이미 사안에 대해 특정 견해 쪽으로 기울어져 있기 십상이다. 수사학에서 말하는 '적절한 추론 능력을 지닌 편견 없는 보통 사람'이라는 소위 '보편 청중'은 현실 세계에는 없는 이상적인 청중일 뿐이다. 따라서 성공적인 토론을 수행하기 위해서는 최대한 청중의 성향을 파악하고 그에 따라 설득력 있는 토론 전략을 수립하여 실제 토론에 적용할 필요가 있다.

한편 시각을 바꿔 토론을 바라보면, 토론에서 청중은 재판정에서 판사나 배심원이 하는 역할과 유사하게 최종적으로 토론의 승패를 결정짓는 토론 평가자 혹은 심사자의 역할을 맡는 셈이다. 토론 당사자들이 현실적으로 공정한 평가자의 역할까지 함께 수행할 수 없다는 점에서 사실상 청중이 토론의 유일한 평가자가 된다고 말할 수 있다. 토론의 승패는 결국 청중 개개인이 찬반 양측의 의견 중 어느 쪽에 설득되었는지에 따라 결정된다. 그 점은 선거를 앞두고 TV에서 벌어지는 후보자 토론 같은 것을 보면 쉽게 이해할 수 있다. 따라서 청중은 냉철한 토론 평가자가 되어야 한다. 토론 평가자로서 무엇을 해야 하는지는 뒤에서 상세히 설명할 것이다.

3) 토론 형식

(1) 교차질의식

순서	토론 진행 절차	발언 시간 (분)
1	찬성 조 1번 토론자의 입론	9
2	반대 조 2번 토론자의 질문	3
3	반대 조 1번 토론자의 입론	9
4	찬성 조 1번 토론자의 질문	3
5	찬성 조 2번 토론자의 입론	9
6	반대 조 1번 토론자의 질문	3
7	반대 조 2번 토론자의 입론	9
8	찬성 조 2번 토론자의 질문	3
9	반대 조 1번 토론자의 반박	6
10	찬성 조 1번 토론자의 반박	6
11	반대 조 2번 토론자의 반박	6
12	찬성 조 2번 토론자의 반박	6
		72

교차질의식 토론은 미국 대학에서 벌어지는 토론 대회에서 많이 채

택하는 토론 방식이다. 2인 1조가 되어 대결하는 방식으로서 토론자마다 두 차례씩의 입론과 질문을 번갈아 수행하고 마지막에 토론자마다 한 차례씩의 반박 기회를 준다. 토론의 핵심이 반복적인 입론과 질문에 있다는 점에서 소크라테스식 문답법을 연상시킨다. 한 번의 토론에 4명이 참가하고 총 72분간 진행되므로, 토론 참여 대상자가 많은 경우에는 각 발언 시간을 줄인 변형된 방식을 사용할 수 있다.

(2) 카를 포퍼식

열린 사회와 비판적 합리성을 옹호한 현대 철학자 카를 포퍼의 사상을 기리는 의미에서 그의 이름을 붙여 만들어진 3인 1조 토론 방식이다.

순서	토론 진행 절차	발언 시간 (분)
1	찬성 조 1번 토론자의 입론	6
2	반대 조 3번 토론자의 질문	3
3	반대 조 1번 토론자의 입론	6
4	찬성 조 3번 토론자의 질문	3
5	찬성 조 2번 토론자의 반박	5
6	반대 조 1번 토론자의 질문	3
7	반대 조 2번 토론자의 반박	5
8	찬성 조 1번 토론자의 질문	3

9	찬성 조 3번 토론자의 반박	5
10	반대 조 3번 토론자의 반박	5
	* 각 조에 주어진 숙의 시간 8분 별도	52

이 토론 방식의 특징은 각 조에 속한 세 명 토론자의 역할과 발언 횟수가 다르다는 것이다. 그래서 각 역할을 가장 잘 수행할 수 있겠다고 판단되는 토론자를 적소에 배치하는 것이 중요하다. 또한 조원들끼리 의견 교환이 필요한 시점마다 총 8분의 숙의 시간을 나누어 사용할 수 있다는 것도 특징이다. 숙의 시간까지 포함하면 한차례의 토론을 진행하는 데 걸리는 시간은 1시간이다. 한편, 양측이 상대의 질문에 반박하는 것으로 토론을 종료하지 않고, 추가로 양측에 최종발언 시간을 부여하는 변형된 형태의 카를 포퍼 토론 방식도 있다.

(3) 링컨-더글라스식

이것은 1858년에 미국 일리노이에서 민주당 상원의원 스티븐 더글러스와 공화당의 에이브러햄 링컨이 노예제를 놓고 벌인 실제 토론에서 유래한 것으로, 전형적인 일대일 토론 방식이다.

순서	토론 진행 절차	발언 시간 (분)
1	찬성자 입론	6
2	반대자 질문	3

3	반대자 입론	7
4	찬성자 질문	3
5	찬성자 반박	4
6	반대자 반박	6
7	찬성자 반박	3
		32

이 방식은 찬성자가 토론의 첫 발언과 마지막 발언을 하게 됨으로써 반대자보다 한 번 더 발언권을 갖지만, 각자에게 주어지는 토론 시간은 16분으로 똑같다는 점이 특징이다. 토론 참여 대상자가 많지 않을 때 활용해 볼 만한 토론 방법이다.

(4) 의회식

의회식 토론은 영국 의회의 토론 방식을 응용하여 옥스퍼드 대학교와 케임브리지 대학교에서 처음 토론 대회에 활용하면서 널리 알려지게 된 토론 방식이다. 보통은 2인 1조로 대결하지만, 조원의 수를 더 늘릴 수도 있다. 이 토론은 양측이 번갈아 가며 총 15분 동안 자신의 주장을 논리적이고 합리적으로 제시한 다음 상호 반박이 이어지는 방식으로 진행된다. 입론 시간이 비교적 길게 주어진다는 점에서 정식 주제 발표와 연계하는 변형된 형식으로 활용하기 좋은 토론 방식이다. 관례상 찬성 측을 여당, 반대 측을 야당이라 부르며, 찬성 측 1번 토론자를 수상으로 칭한다.

순서	토론 진행 절차	발언 시간 (분)
1	수상의 연설(입론)	7
2	야당 당수의 입론	8
3	여당 의원의 입론	8
4	야당 의원의 입론	8
5	야당 의원의 반박	4
6	수상의 반박	5
		40

(5) 상황에 맞는 적절한 토론 형식의 고안

어떤 토론 형식이 가장 적절한지는 토론 대결을 벌이는 목적과 토론 참여자의 규모에 따라 결정할 문제다. 예를 들어 실제로 토론 시합을 해서 승패를 가리는 것 자체가 목적이라면 카를 포퍼식 토론 방법을 채택할 수도 있으나, 이 방식에서 어떤 토론자는 발언 기회가 단한 번뿐이라는 점을 고려해야 한다. 토론 대결의 결과 자체보다는 그과정에서 참여자가 발표하고 토론하는 법을 직접 실습해 보는 학습 기회를 얻게 하는 것이 더 중요한 목적이라면, 다른 방식을 택하거나 기존 방식을 조금 변형해 볼 수도 있다. 이를테면, 기존 카를 포퍼식 토론을 변형하여 마지막에 양측에 최종발언 순서를 한 차례씩 더 주기로 한다면 모든 토론자가 두 번씩 발언 기회를 얻을 수 있다.

기존 토론 형식을 변형하거나 여건에 맞는 새로운 토론 형식을 고안할 때는 발언 시간과 발언 기회는 반드시 양측에 공평하게 주어져야 한다는 점과, 되도록 모든 토론 참여자가 골고루 여러 번 발언할 수 있도록 설계해야 한다는 점을 고려해야 한다. 이것은 한두 명의 토론자가 전체 토론을 좌우하는 일이 없게 해야 한다는 것을 의미하기도 한다. 학습의 차원에서 수행하는 토론이라면 양측의 상호 발언이 종료된 후에 청중과의 질의응답 시간을 추가로 설정할 수도 있을 것이다.

함께하기

개개인의 토론 역량 함양을 목표로 지금 우리 수업 규모에 가장 적합한 토론 형식을 함께 설계해 보자.

---

2. 토론의 실제와 평가

1) 토론의 실제

이제 토론 주제와 토론 형식이 정해진 상태에서 실제로 토론이 어떻게 이루어지는지 구성해 보자. 토론 형식은 토론의 목적과 토론 참여자의 규모, 토론에 배정된 시간 등 여러 가지 여건을 참고하여 기존 형식 중에서 가장 적절한 것을 택하거나 혹은 융통성 있게 새로 설계할 수 있다. 일반적인 토론 형식에는 입론, 질문과 답변, 반론, 난상 토론, 최종발언의 항목들이 포함될 것이다.

토론 목적에 따라서는 논제에 대한 찬반이 토론자의 의지나 신념과 상관없이 결정될 수도 있다. 하지만 설령 그럴 때라도 토론에서 지정된 입장을 최대한 옹호해야 하는 것은 당연하다. 더구나 교육 목적으로 수행하는 토론에서라면 두말할 것도 없다.

(1) 주제 분석과 쟁점 찾아내기

토론을 준비하는 첫 단계이다. 주제 분석은 토론 대결에서 대개 찬반 입장이 미리 결정된다는 점을 제외하면 앞 단원 발표하기에서 설명한 바와 다르지 않으므로 여기서 다시 언급하지 않을 것이다.

이 단계를 통해서 우리가 무엇을 주장할 것인지가 결정된다. 모둠 구성원들은 주제 연구와 자료 조사를 바탕으로 서로 머리를 맞대고 토의하면서 좋은 논증을 만들어 내야 한다. 관건은 결정적인 핵심 논거들을 찾아내는 데 있다. 여기서 결정적이라는 것은 만약 그것을 수용한다면 결론을 거부하기 어려울 정도로 강한 것이면서 그런 만큼 아마도 반대 측은 십중팔구 받아들이지 않을 논거를 말한다. 논제 자체에 대한 양측의 기본 주장을 유지하거나 반박하는 데 별로 상관이 없는 논거라면 애써 언급할 필요도 없다. 결국은 이 논거들이 실제 토론에서 양측의 입장이 충돌하는 논점, 즉 쟁점이 될 것이고, 결과적으로 토론은 이 쟁점을 두고 벌이는 찬반 공방이 될 것이다. 또한 제한된 토론 시간에 모든 쟁점을 다 다룰 수는 없으므로 중요성의 우선순위에 따라 토론 대상이 될 쟁점들을 선별할 필요가 있으며, 핵심 논거를 찾아야 하는 이유는 거기에도 있다.

예를 들어 "낙태를 허용해야 하는가"라는 주제를 놓고 토론을 벌인다고 해 보자. 이 주제에 대해 "허용하면 안 된다."라는 의견을 주장하는 쪽에서 제시할 수 있는 핵심 논거는 무엇일까? "태아도 사람이다."라는 판단이 매우 결정적인 논거가 될 것으로 보인다. 그리고 "낙태를 허용해야 한다."라는 의견을 주장하는 쪽에서는 당연히 이 판단에 반대할 것이다. 따라서 이 토론에서 실제 논쟁은 "태아가 사람인가?"라는 물음을 중심으로 이루어질 것이고, 그것이 이 토론의 논점 즉 쟁점이 되는 것이다. 그래서 결국 핵심 논거를 찾는 일은 토론의 쟁점을 찾아내는 것과 같은 일이 되는 셈이다.

(2) 토론 개요서 작성

토론 전반에 걸쳐 우리의 입장을 일관되게 유지하기 위해서는 먼저 토론 개요를 작성해 보는 것이 좋다. 토론 개요는 입론을 준비하기 위해서도 필요하다. 토론 개요에 들어갈 주요 항목은 간략한 주제 분석, 핵심 용어 정리, 핵심 논거(즉 쟁점)들이다. 여기에 추가할 것은 반대 측이 제기할 것으로 예상되는 반대 근거들이다. 토론은 일방적으로 우리 입장만 발표하고 끝나는 것이 아니라 찬반 주장이 오고 가는 역동적인 과정이므로 상대방의 전략을 미리 가늠해볼 필요가 있다. 토론 개요서 양식은 다음과 같이 자유롭게 만들어 볼 수 있다.

토론 개요서				
( )모둠	모둠 구성원: ( ), ( ), ( )			
논제		주장	찬성/반대	
용어 정의				
핵심 논거 1	논거: 논거 입증 근거:	예상 반론:		
핵심 논거 2	논거: 논거 입증 근거:	예상 반론:		
핵심 논거 3	논거: 논거 입증 근거:	예상 반론:		

함께하기

8장 마지막 〈함께하기〉(201쪽)에 소개된 주제들에 대해서 찬반의 입장을 정해 토론 개요서를 함께 작성해 보자.

(3) 입론 발표문 쓰기

입론은 제한 시간 내에 우리의 입장을 발표하는 과정으로 토론에서 유일하게 미리 완벽하게 준비하여 전달할 수 있는 부분이다. 입론은 원고를 미리 준비하여 안정적이고 계획적으로 진행할 수 있다. 입론하기는 준비와 실행에서 내용상 앞 단원에서 다룬 '발표하기'와 크게 다를 바 없다. 발표문 작성에 관해서는 앞에서 상세히 설명한 내용을 충실히 고려해야 한다.

입론 원고는 토론 개요를 바탕으로 작성한다. 토론 개요에는 입론에서 무엇을 말할 것인지, 즉 우리의 논증이 정리되어 있다. 여기에다 그 논증을 어떻게 잘 전달할 것인지, 즉 어떻게 말할 것인지의 측면을 고려하여 입론을 위한 발표문을 작성한다. 그럴 때 마찬가지로 앞 단원에서 소개한 에토스와 파토스적인 모든 기법을 최대한 활용해야 한다.

한 가지 놓치지 말아야 할 점은 핵심 논거들이 입론에서 남김없이 언급되어야 한다는 것이다. 토론이 진행되는 도중에, 특히 토론이 종료되기 직전에 지금까지 한 번도 언급한 적이 없는 새로운 논거를 끄집어내는 것은 바람직하지 않다. 그것은 어떤 의미에서 토론의 기본 규칙을 어기는 것이다. 상대에게 자신의 주장을 충분히 검토할 시간을 주지 않은 셈이기 때문이다. 게다가 청중의 시각에서는 "그렇게 중요한 근거를 왜 이제야 말하느냐?"라는, 토론자의 부실한 토론 태도에 대한 의심이 생겨날 수 있다.

(4) 입론하기

토론장에서 발표문을 그대로 낭독하는 것은 바람직하지 않다. 더 설득력 있는 모습으로 우리의 주장을 전달하기 위해서는 발표하기에서와 마찬가지로 발표 개요를 인덱스 카드 형태의 메모로 만들어서 청중을 바라보며 자연스럽게 호소하는 형태를 취하는 것이 바람직하다.

입론은 토론의 첫 단계이니만큼 토론 전체에서 청중이 자신의 첫인상을 형성하는 데 중요한 요소가 된다. 청중이 쉽게 이해할 수 있는 간결하면서도 명료한 언어 구사가 필요하며, 토론자 자신의 시청각 이미지에도 주의를 기울여야 한다. 토론자의 시청각 이미지에 관하여서는 앞 단원에서 소개한 주의사항들을 다시 한번 상기해 보자.

(5) 질문과 답변하기

토론에서 질문은 상대를 공격하는 수단인 동시에 나의 주장을 강화하는 수단이기도 하다. 질문에는 크게 점검 질문과 검증 질문이 있다. "이에 대해 어떻게 생각하십니까?"라는 형태의 열린 물음이나, 너무 포괄적이거나 막연한 질문을 던지지 않도록 한다. 이러한 형태의 물음은 오히려 상대에게 자유롭게 대답할 기회를 제공함으로써 질문자에게 유리하게 사용되어야 할 시간이 상대의 입장을 강화해 주는 데 이용되는 결과로 이어질 수 있다. 또 질문할 때 지나치게 공격적이거나, 답변 시간을 제대로 주지 않고 답변을 경청하지도 않는 태도를 보이는 것은 청중에게 부정적인 인식을 심어 줄 수 있으니 주의해야 한다. 기본적으로 상대의 질문에 대해서는 남김없이 답변을 제공해야 한다. 상대의 질문 의도를 파악하여 그에 적절하게 응수하는 것이 필요하다.

a. 점검 질문: 점검 질문은 본격적인 반론을 제기하기 전에 상대 주장을 점검하는 예비 단계이다. 질문을 통해 주로 다음과 같은 사안을 점검해 볼 수 있다.
- 주제, 논점, 주장, 논거, 사례, 근거 자료 등의 확인
- 발언 여부 확인 및 표현 명료화 요구
- 정의(定義), 기준, 범위, 통계 수치 등에 대한 점검
- 근거 자료 출처 확인

b. 검증 질문: 검증 질문은 상대 주장의 논증적 설득력에 본격적인 문제를 제기하는 것으로, 사실상 반론의 성격을 띠며 실질적으로는 자신의 주장을 강화하는 데 역으로 사용할 수 있는 질문이다.
- 사실 확인 및 추가 근거 요구: 자명한 절대적 진리 같은 것을 근거로 사용하지 않는 한, 어떤 내용을 근거로 제시하건 그것이 참인지 여부는 늘 논쟁거리로 삼을 수 있다. 주장의 근거로 제시된 것들의 사실 여부를 확인하고 필요한 경우 그것이 사실임을 입증할 추가 근거를 요구할 수 있다. "당신이 제시한 근거나 자료는 사실로 확인된 것인가?" "당신이 제시한 근거가 사실이 아닐 수 있음을 보여 주는 이러저러한 자료들을 확인해 보았는가?" "그것이 사실이라는 별도의 근거가 있는가?" "그것을 사실로

받아들인 이유가 무엇인가?"

- 추론의 적절성 검증: 논거와 주장 사이의 논리적인 지지 관계의 허약함을 추궁한다. "당신이 제시한 논거를 다 받아들인다고 해도 그런 결론을 주장하기에는 부족하지 않은가?" "추가적인 논거 없이 그런 결론을 주장하는 것은 논리적 비약이 아닌가?" "그런 근거에서라면 오히려 당신이 제기한 주장보다는 그것과 반대되는 주장, 혹은 다른 대안이 더 잘 옹호되는 것은 아닌가?"

- 숨은 가정 탐색: 추론의 적절성을 검증할 때 파생적으로 수행하는 검증 질문이다. "그런 근거로 결론을 주장하려면 일반적으로 받아들이기 어려운 추가 전제를 가정해야 하지 않은가?" 사실, 일반적으로 알려진 대부분의 오류 논증은 바로 이렇게 도저히 수용할 수 없는 추가 전제를 요구한다는 점으로도 비판할 수 있다. "다수의 사람이 P에 동의한다. 따라서 P는 참이다."라는 군중에 호소하는 오류는 논리적으로 "다수의 사람이 동의하는 것은 참이다."라는 수용할 수 없는 전제를 가정해야만 한다는 것이 문제가 되는 것이다.

- 논리적 귀결: 상대 주장의 논리적 귀결을 추궁한다. "P를 주장하면 일반적으로 받아들이기 어려운 Q를 받아들일 수밖에 없지 않은가?" "P를 주장하면서 그것으로부터 당연히 따라 나오는 Q를 왜 받아들이려 하지 않는가?"

- 일관성과 모순: 상대 주장이 일관성이 있는지 혹은 양립할 수 없는 모순적 주장을 담고 있지 않은지 추궁한다. "앞에서는 그 말을 그런 의미로 사용하지 않지 않았는가?" "지금 사례가 당신의 다른 논거와 양립할 수 있는

가?" "앞에서 그렇게 주장했다면 지금도 그렇게 주장해야 하지 않는가?"

- 오류 지적: 앞 단원들에서 다양한 형태의 오류 논증을 공부했다. 상대가 그런 논리적 오류들을 저질렀음을 추궁한다. "그것은 인신공격이 아닌가요?" "당신은 지금 원인과 결과를 혼동하고 그것을 전도시킨 오류를 저지른 것 아닙니까?"

c. 답변하기: 기본적으로 토론에서 질문자는 실제로 몰라서라기보다는 상대 주장을 깎아내리고 나의 주장을 돋보이게 하려는 특정한 의도를 깔고 질문을 던진다는 점을 늘 염두에 두어야 한다. 반론 성격의 답변에 관해서는 다음 절에서 다루기로 하고 여기서는 비교적 간단한 질문에 답할 때 유의할 점 몇 가지를 소개한다.

- 어떤 질문에도 당황하지 않고 이미 예상했던 질문이라는 듯 자신감 있게 답변한다.

- 어떤 질문도 회피해서는 안 되지만 상대의 의도에 말려들지 않도록 늘 신중하게 답변해야 한다.

- 상대가 '예/아니오'로 답해야 하는 이분법적인 질문을 던지고 답변을 압박할 때는 섣부르게 답하지 않도록 주의해야 한다. 이런 종류의 질문에 대한 답변이 맥락을 떠나서 이루어질 때는 상대가 그 답변을 나에게 불리하게 해석하고 활용할 여지가 생긴다. '예/아니오'라고 답할 수 없는 성격의 문제임을 지적하거나, 질문자의 의도를 거스르며 보충 답변을 시도한다.

- 맥락에 맞지 않는 부적절한 질문이거나 의미가 불분명한 허술한 질문에 대해서는 단호하게 질문의 문제점을 지적한다.

(6) 반론(반박 혹은 논박)

토론에서 찬반 양측이 처음에 제시하는 입론은 그 자체로 서로에게 반론의 성격을 띠게 된다. 하지만 토론이 진행되는 과정에서는 본격적으로 상대에게 도전하거나 상대의 도전에 반박해야 하는 상황이 벌어지게 되는데, 이런 경우까지 통틀어서 반론이라고 말할 수 있다. 검증 질문을 던져서 반론을 제기하는 것은 앞에서 설명했다. 지금 언급하고자 하는 반론은 상대의 공세적인 검증 질문에 대해 기본적으로 자신의 주장을 방어하는 차원의 대응을 말한다. 상대의 공격을 반박하며 맞받아칠 때 주의할 점들은 다음과 같다.

- 상대가 제기한 공세적인 질문들을 꼼꼼히 기록하고 그것을 토대로 상대가 요구하는 바에 대해 내 주장의 변론이 될 수 있는 정확한 답변을 제시한다.
- 상대의 질문 중 답변이 이루어지지 않은 것이 남지 않도록 하되 공식적인 토론에서는 시간제한이 있기 마련이므로 질문의 중요성 및 반박의 용이성 수준에 따라 답변 순서와 시간 배분에 유의한다. 결정적 반박이 가능하다고 생각하는 문제부터 먼저 다루는 것이 효과적이다.
- 상대의 질문 자체에 중대한 허점이나 신뢰성을 크게 의심할 만한 부분이 있다는 것을 거꾸로 지적한다.
- 반박을 수세적 대응으로만 생각하지 말고 자신의 주장을 정당화하는 또 다른 기회로 생각해야 하며 상대 견해에 대한 문제 제기와 연결해 나가야 한다.

- 반박은 상대의 문제 제기에 대해 무조건 거부 의사를 표명하는 것이 아니라 그 자체로 논증적 활동이어야 한다는 점은 두말할 나위가 없다. 간결하면서도 분명하게 각 문제에 대해 체계적인 반박 논증을 마련해야 한다.
- 상대의 문제 제기에 대해서 합리적인 수준의 동의나 인정이 필요한 때도 있고, 그것이 청중에게 합리적인 토론자의 인상을 심어 줄 수 있다. 하지만 그것이 내 논거를 포기하는 것으로 비쳐서는 곤란하며 일부 약점이 있더라도 여전히 내 주장이 최선이라는 견해를 유지할 수 있어야 한다.

(7) 난상 토론

난상 토론은 자유토론이라고도 부른다. 난상 토론은 개인의 발언 순서나 발언 시간을 정해 놓지 않고 일정 시간 동안 자유롭게 공방을 벌이는 것을 말한다. 일반적으로 널리 알려진 토론 형식에는 이런 난상 토론 순서가 포함되어 있지 않지만, 토론 목적에 따라서는 순발력과 임기응변 능력을 기른다는 측면에서 이런 시간을 설정할 수 있다. 난상 토론은 토론자들이 논점을 이탈하여 쟁점이 수시로 바뀌고 겉도는 논쟁이나 심지어 말다툼으로 변질할 위험성이 있다. 따라서 난상 토론이 진행될 때는 사회자가 적절하게 개입하여 통제할 필요가 있다.

(8) 최종발언

토론 형식에 따라서는 양측이 서로 반박하는 것으로 토론이 끝날 때도 있지만, 토론 목적과 설계 방식에 따라서는 최종발언을 마무리 순서로 집어넣을 수도 있다. 그런 기회가 주어질 때 주의할 점은 다음과 같다.

- 미리 준비된 원고를 토대로 안정적으로 진행할 수 있는 입론과 달리 최종발언은 완성된 원고를 미리 준비할 틈이 없으며 기본적으로 제시해야 할 내용에다 토론 중에 틈틈이 요약한 내용을 첨부해서 임기응변식으로 진행해야 한다.
- 전반적으로 반론과 논박을 주고받는 과정에서 중요한 쟁점에 대해 미진했다고 생각되는 부분을 지적하거나 보충하는 것이 바람직하다.
- 최종발언을 끝으로 청중의 평가가 시작된다는 점을 고려할 때 인상적인 사례나 진술 등을 동원하여 마무리하는 것이 매우 중요하지만, 이 마지막 단계에서 지금까지 한 번도 언급한 적이 없는 새로운 논거를 끄집어내는 것은 바람직하지 않다.

2) 토론자의 태도와 이미지

(1) 비판적 사고자로서의 토론자

토론자는 기본적으로 비판적 사고자여야 한다. 합리적인 토론자는 토론 승리를 맹목적으로 추구하며 기만적인 토론술과 궤변을 서슴없이 구사하는 말 싸움꾼이 아니라는 말이다. 앞 단원들에서 배웠듯이 "무조건 내 말이 옳다."라거나 "무조건 네 말이 틀리다."라는 태도를 드러내는 사람은 비판적 사고자가 아니다. 토론에서 가려진 승패도 내 말이 맞고 네 말이 틀렸다는 배타적 결과를 의미하는 것이 아니다. 비판적 사고자로서 토론자는 토론의 근본 목적이 절대적 진리 같은 완전무결한 정답을 추구하는 것이 아니라 더 나은 대안, 지금으로서 최선의 대안을 찾는 데 있다고 하는 비판적 사고의 정신을 늘 잊지 말아야 한다.

(2) 경청과 메모

사전에 철저하게 준비할 수 있는 입론을 뺀 토론자의 나머지 활동은 토론 과정에서 벌어지는 역동적인 상호작용 속에서 즉석에서 준비되어야 한다. 토론자는 토론의 전 과정을 세심하게 관찰하고 상대가 무슨 말을 하는지 열심히 경청하면서 핵심적인 부분들을 꼼꼼히 메모해야 하며, 상대의 문제 제기에 알맞은 답변으로 응수해야 한다.

(3) 집중력과 순발력

상대의 문제 제기를 예상하여 필요한 자료를 준비하고 어떤 경우에라도 대응할 수 있는 철저한 사전 준비가 꼭 필요하지만, 실제 토론에서 반론이나 논박에 나설 때는 거기에 순발력과 임기응변의 묘를 가미하여 적절한 답변을 내놓아야 한다. 간혹 준비한 자료에 지나치게 의존하면서 실제 토론의 흐름이나 쟁점에서 벗어난 질문이나 답변을 내놓는 경우가 있고, 그것이 토론을 망치는 결과로 이어질 수도 있다. 쉬운 일은 아니지만, 집중력을 잃지 않고 순발력 있게 적절한 대응책을 최대한 빨리 찾아낼 수 있어야 할 것이다.

(4) 토론자의 이미지

토론자의 이미지에 관해서는 앞 단원에서 소개한 모든 유의 사항을 충실히 참조해야 한다. 그 밖에도 토론 중에 청중에게 부정적인 이미지를 심어 줄 수 있는 다음과 같은 행동을 조심해야 한다.

- 토론 상대, 청중, 사회자, 동료에게 화를 내거나 짜증을 내지 않는다.
- 토론에서 정해진 규칙, 순서, 발언 시간을 무시하지 않는다.
- 상대의 말을 함부로 끊거나 규칙에 따라 발언권을 얻지 않고 발언하지 않는다.
- 상대를 조롱하거나 비웃거나 비난하지 않는다.
- 상대의 말실수는 간단히 지적할 수 있지만, 그것을 꼬투리 잡고 늘어지지 말아야 한다.
- 같은 모둠의 동료 토론자끼리는 긴밀히 협력하고 응원해야 한다.
- 상대의 발언을 무시하거나 토론이 불필요하다는 듯한 오만한 태도를 보이지 않는다.
- 상대를 인신공격하지 않는다.

- 상대를 으박지르거나 강압적으로 답변을 유도해서는 안 된다.

- 토론에 집중하지 않고 휴대전화를 보는 등의 불성실한 태도를 보여서는 안 된다.

함께하기

TV이나 인터넷에서 벌어지는 토론에서 목격한 토론자의 가장 보기 흉한 꼴불견은 무엇이었는지 함께 이야기해 보자.

---

3) 토론의 평가

일반적으로 토론이 끝나면 토론의 승패가 결정된다. 법정에서의 토론이나 선거 토론, 공식적인 토론 대회 등에서처럼 실제로 반드시 승패를 가려야만 하는 토론이 아닌 토론 실습이라는 교육적 목적의 토론에서도 토론에 대한 평가가 반드시 이루어져야 하고, 그럼으로써 결과적으로 토론의 승패가 결정된다.

기본적으로 토론의 평가는 제삼자인 청중에 의해서 수행된다. 학교 수업 시간에 실습하는 토론이라면 교수자와 동료 학생들이 그런 평가자의 역할을 하는 청중이 될 것이다. 특히 학생들이 직접 동료 학생들의 토론을 평가해 보는 것은 자신의 토론 실력을 함양하는 부수 효과를 얻을 수 있다는 점에서 소홀히 할 수 없는 부분이다. 토론을 어떻게 평가해야 할까?

(1) 더 좋은 이유에 순종하기

가장 기본적인 차원에서 접근해 보자. 해결해야 할 어떤 문제가 있고 둘 이상의 대안들 가운데 어느 하나를 선택해야 하는 상황에서, 우리는 주로 어떻게 최종 선택에 이르게 되는가? 일단, 다른 사람의 의견이나 대안 같은 것은 고려할 필요 없고 그저 자기 생각이 무조건 옳다고 주장하는 과도한 확신을 가진 사람이 있을 수 있다. 그런 사람은 대화와 토론의 의의를 무색하게 한다. 따라서 토론 평가자라면 기본적으로 토론에서 제시된 여러 대안을 적극적으로 청취하고 평가하겠다는 긍정적 태도가 필요하다.

그렇다면 나를 설득하고자 애쓰고 있는 사람들의 의견 중에서 어떤 기준으로 어떤 대안이 가장 낫다고 판단해야 할까? 평소에 훌륭한 인품을 보여 주었고 많은 사람에게서 좋은 평판을 얻고 있는 사람의 의견을 따를 수 있다. 혹은 목소리가 너무 좋고 감칠맛 나게 듣기에 아주 좋은 소리만 골라서 해 주거나, 수려한 외모와 세련된 몸짓 때문에 보기만 해도 호감을 주는 사람의 의견을 선택할 수도 있다. 또는 단지 나의 개인적 이해관계와 가장 잘 맞아떨어지거나 내가 평소 갖고 있던 가치관이나 신념, 혹은 종교적인 교리에 잘 부합하기 때문에 선택할 수도 있다. 아니면 그냥 나와 친한 사람의 의견을 따르면 그만일 때도 있고, 자기 의견을 택해주면 보상을 하겠다는 은밀한 뒷거래가 작용해서 선택하게 될 수도 있다. 주위 사람들을 따라서 선택할 수도 있으며, 목소리 큰 사람에게 질 수도 있다. 이런 여러 가지 기준들이 함께 작용할 수도 있고, 이외에도 이와 유사한 다른 많은 이유가 선택에 영향을 미칠 수 있을 것이다.

우리가 대안의 선택에서 주로 이런 경향을 드러내기 때문에 실제로 토론자들이 청중을 설득하고자 할 때 에토스와 파토스적인 측면에서 적극적인 수사학적 기술들을 동원하게 되는 것이 사실이다. 하지만 우리가 비판적 사고자의 역량을 길러야 하는 이유가 바로 여기에 있다. 우리가 논증을 만들어 내 주장을 발표할 때 무엇을 발표할 것인지가 어떻게 발표할 것인지에 우선하듯이, 평가할 때도 상대가 나를 어떻게 설득하려 하는지보다 무엇을 설득하려 하는지에 더 주목하고 그가 정말로 그런 주장을 할 만한 훌륭한 '이유'를 제시했는지 평가해야 한다. 따라서 토론 평가의 근본 원칙은 바로 이것이다. 더 나은 이유에 순종하라.

(2) 토론의 평가 요소

토론을 평가할 때 고려해야 할 구체적인 요소들은 다음과 같다.

설득의 정당성 측면

- 토론의 주제를 정확히 이해하고 있는가?
- 토론의 쟁점을 잘 포착하고 명확하게 표현하는가?
- 자신의 주장을 입증할 충분한 근거를 제시하는가?

- 상대의 주장을 정확하게 이해하고 분석하는가?

- 상대에게 효과적인 질문과 반론을 제기하는가?

- 상대의 질문과 반론에 효과적으로 대응하는가?

- 주요 쟁점 및 상대의 반론에 남김없이 대응하는가?

- 토론자가 토론 중 논점에서 벗어나는가?

- 토론자가 상대가 제기한 문제와 상관없는 답변을 제공하는가?

설득의 효율성 측면

- 토론의 규칙과 절차를 잘 준수하는가?

- 명료하고 알기 쉬운 언어를 구사하는가?

- 토론자가 토론 절차상 주어진 임무를 정확히 수행하는가?

- 토론자가 토론 상대를 존중하는가?

- 같은 모둠의 토론자들끼리 역할을 잘 분담하여 협력하는가?

- 토론자가 토론 주제를 충분히 숙지하고 있는가?

- 토론자가 자신의 주장에 자신감을 드러내는가?

- 토론자가 품위 있고 세련된 몸짓을 보여 주는가?

- 부당한 수법을 사용하여 청중을 기만하려 하는가?

(3) 토론 평가표 만들기

토론 교육의 측면에서 토론 평가표는 평가자가 토론을 평가하면서 자신의 토론 역량을 기를 수 있게 하는 데 그 작성 목적이 있다. 따라서 단지 토론의 승패만을 평가하는 것이 아니라 토론의 전 과정에 걸쳐서 여러 가지 평가 요소들을 기준으로 양측 토론자 모두를 평가할 수 있도록 평가표를 구성하는 것이 바람직하다. 예를 들면, 다음은 마지막에 최종발언 순서를 첨가하여 변형한 카를 포퍼식 토론의 평가표이다(신상규 외, 『토론과 논증』). 이때 평가자는 별지에 토론 내용을 기록해 가면서 평가에 참고할 수 있다.

토론 평가표

년   월   일 / 장소 :   심사 결과 [   ]

5: 아주 잘함 / 4: 잘함 / 3: 보통 / 2: 부족함 / 1: 아주 부족함

	평가 기준	찬성팀:			반대팀:
공통 항목	언어적 표현의 명료성(목소리 크기, 속도 포함) 토론 예절 및 토론 규칙의 준수 여부	각 단계별 평가에서 항상 반영하여 채점함			
입론	토론의 쟁점을 잘 포착하고 명확하게 표현했는가? 주장에 대한 적절한 논거를 제시했는가? 주장에 대한 논거가 다양하고 참신한가?	5 4 3 2 1	1 (갑) 1 (갑)	3 (갑) 3 (갑)	5 4 3 2 1
확인 질문 1	확인질문에 효과적으로 답변하였는가?	+1 0 -1			+1 0 -1
	토론의 쟁점을 명확히 하는 데에 도움이 되었는가? 상대방 주장의 허점을 적절히 추궁했는가?	5 4 3 2 1	4 (을)	2 (을)	5 4 3 2 1

반론 1	상대방 입론의 핵심을 문제 삼고 있는가? 상대방 논리의 문제점을 잘 비판했는가? 상대방 지적에 대해 적절히 응수했는가?	5 4 3 2 1	5 (병) 5 (병)	7 (병) 7 (병)	5 4 3 2 1
확인 질문 2	확인질문에 효과적으로 답변 하였는가?	+1 0 -1			+1 0 -1
	토론의 쟁점을 명확히 하는 데 도움이 되었는가? 상대방 주장의 허점을 적절히 추궁했는가?	5 4 3 2 1	8 (갑)	6 (갑)	5 4 3 2 1
반론 2	남아 있는 중요한 반론거리를 모두 지적했는가? 상대방 논리의 문제점을 잘 비판했는가? 상대방 지적에 대해 적절히 응수했는가?	5 4 3 2 1	9 (을)	10 (을)	5 4 3 2 1
최종 발언	반론에서 미진했던 부분을 적절히 보충했는가? 핵심 쟁점을 중심으로 토론의 큰 흐름을 잘 요약했는가? 자신들의 최종 결론을 효과적으로 부각시켰는가?	5 4 3 2 1	11 (병)	12 (병)	5 4 3 2 1
합계		(점)	숙의 횟수 ① ② ③ ④	숙의 횟수 ① ② ③ ④	(점)

총평:

( )모둠 승 평가자: (서명)

토론 평가표 별지

찬성 모둠	반대 모둠
1. (갑) 입론	2. (을) 확인질문
4. (을) 확인질문	3. (갑) 입론
5. (병) 반론	6. (갑) 확인질문
8. (갑) 확인질문	7. (병) 반론
9. (을) 반론	10. (을) 반론
12. (병) 최종발언	11. (병) 최종발언

토론 내용 요약과 평가를 함께 처리할 수 있게 평가표를 만들 수도 있다. 다음은 그 사례이다. 이 토론 형식은 입론을 논제 소개와 쟁점 소개로 대체하고, 쟁점마다 특별한 형식 없이 토론을 진행한 후 자유 난상 토론과 마무리 발언으로 형식을 구성한 것이 특징이다.

토론 요약 및 심사표

〈심사자〉 모둠 번호: _____ 이름: _____ (서명)

토론 주제:

A팀 (　　　 모둠)		세부 항목	B팀 (　　　 모둠)	
1. 논제와 쟁점 소개 (3점)　　3:상, 2:중, 1:하				
	3 2 1	논제 소개		
		3개 쟁점 소개	3 2 1	
요약	2. 쟁점 토론 및 난상 토론 (각3점)			요약
	3 2 1	첫 번째 쟁점 토론	3 2 1	
	3 2 1	두 번째 쟁점 토론	3 2 1	

3 2 1	세 번째 쟁점 토론	3 2 1
3 2 1	최종 난상 토론	3 2 1

3. 마무리 (3점)		
3 2 1	마무리 변론	3 2 1
	총점 및 승리 팀 ( )	

총평 (좋은 점 / 아쉬운 점)	
A팀	B팀

함께하기

토론 주제를 정해서 실제로 토론과 평가에 참여해 보자.